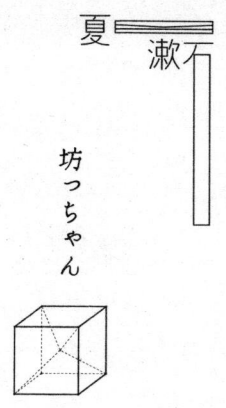

哥儿

[日] 夏目漱石 著
林少华 译

青岛出版集团 | 青岛出版社

图书在版编目（CIP）数据

哥儿 /（日）夏目漱石著；林少华译. —— 青岛：青岛出版社, 2025. ——（林译经典）. —— ISBN 978-7-5736-3385-9

Ⅰ. I313.44

中国国家版本馆 CIP 数据核字第 2025CW5186 号

书　　名	GER 哥儿
丛 书 名	林译经典
著　　者	[日]夏目漱石
译　　者	林少华
出版发行	青岛出版社
社　　址	青岛市崂山区海尔路 182 号（266061）
本社网址	http://www.qdpub.com
邮购电话	0532-68068091
策　　划	杨成舜
责任编辑	霍芳芳
封面设计	有熊 Imajhe
照　　排	青岛可视文化传媒有限公司
印　　刷	青岛双星华信印刷有限公司
出版日期	2025 年 7 月第 1 版　2025 年 7 月第 1 次印刷
开　　本	32 开（889mm×1194mm）
印　　张	6
字　　数	130 千
印　　数	1—4000
书　　号	ISBN 978-7-5736-3385-9
定　　价	45.00 元

编校印装质量服务电话　4006532017　0532-68068050

译序

夏目漱石和他的《哥儿》：
夏目漱石最好玩儿的小说

此刻你拿在手上的《哥儿》，是拙译五卷本夏目漱石文集中的一本。作为译者，除了表示感谢，还有些话想写在这里，算是译序吧。

如今似乎流行不写译序。不写的理由，据说是怕影响读者、误导读者。其实要说影响，人生在世，谁能不接受影响和不影响别人呢？至于误导，君不见，当今之世，读者都有足够的文化修养和独立思考能力，误导之忧，杞人忧天矣。乐观如我，非但不忧，反而将写译序视为一种义务、一种和读者交流的乐事。何况，译作也好创作也好，作为一本书，倘前无序后无跋，好比上桌就端碗，开门就上床，或见面就开局，未免少了必要的过渡环节或临阵热身的机会。当然，写不写是别人的自由，写了看不看是读者的自由——写了可以不看，而要看的时候没有，势必少了选择的自由。

如此这般，我就有了写译序的理由，关于其人其作，关于某种缘起，关于翻译甘苦，总有什么要介绍介绍或交代交代。

夏目漱石无疑是日本近现代文坛翘楚，百年独步，一骑绝尘。或被称为文豪："最大的文豪""文豪中的文豪"；或被尊为先生："夏目先生""漱石先生"；或被誉为"国民作家"。日本当代作家村上春树说：如果从明治维新以后的日本近现代文学作家中投票选出十位"国民作家"，那么"夏目漱石无疑位居其首"。实际上《朝日新闻》也曾主办过这样的投票活动，请国民投票选出一千年以来最受欢迎的五十位日本文学家。其结果，两万多张选票中，夏目漱石果然以3516票位居其首。以作品而言，其长篇小说《心》至今仍跻身日本中学生最喜欢的十部作品之列，其中几节被选入高中《国语》教科书。这意味着，日本人几乎没有人不曾读过夏目漱石，一如鲁迅之于中国人。

说起来，鲁迅对夏目漱石的评价相当高。在《我怎么做起小说来》那篇文章中,鲁迅说他最喜爱的外国作家中,"日本的,是夏目漱石和森鸥外"。并亲自动手翻译了夏目漱石的两个短篇,收入他和周作人合编的《现代日本小说集》。在书中《关于作者的说明》里面,鲁迅说"夏目的著作以想象丰富、文词精美见称。早年所作,登在俳谐杂志《子规》上的《哥儿》《我是猫》诸篇,轻快洒脱,富于机智,是明治文坛上的新江户艺术的主流,当世无与匹者"。

"当世无与匹者"的夏目漱石,原名夏目金之助,一八六七年(庆应三年)生于江户(现东京)一小吏家庭,十四岁入二松学舍系统学习"汉籍"(中国古籍),浸润了东方美学观念和儒家伦理思想,奠定了日后文学观和人生观的基础。写"汉诗"(汉语古诗)是其终生爱好和精神寄托。"漱石"之名,即出自《晋书·孙楚传》中"漱石枕流"之句。二十一岁就读于第一高等中学本科,二十三岁入东京帝国大学(现东京大学)英文专业学习。一八九五年赴爱媛县松山中学任教,为日后《哥儿》的创作积累了素材。翌年转赴熊本县任高等中学讲师。一九〇〇年赴英国留学两年,学习英国文学和教学法。其间因痛感东西方文学观的巨大差异而陷入极度的精神苦闷之中。回国后在东京帝大任教,同时开始文学创作,发表了长篇小说《我是猫》,并一举成名。

一九〇七年辞去大学教职，进入朝日新闻社任小说专栏作家，为《朝日新闻》写连载小说，一直笔耕不辍，直至一九一六年（大正五年）因胃溃疡去世，时虚龄五十岁。

漱石从事文学创作的时间并不很长，从三十八岁发表《我是猫》开始，仅仅十一年时间，却给世人留下了大量有价值的作品。他步入文坛之时，自然主义文学已开始在日本流行，很快发展成为文坛主流。不过日本的自然主义不同于以法国作家左拉为代表的欧洲自然主义，缺乏波澜壮阔的社会场景，缺乏直面现实的凌厉气势，缺乏粗犷遒劲的如椽文笔，而大多囿于个人生活及其周边环境的狭小天地，乐此不疲地直接暴露其中阴暗丑恶的部位和不无龌龊的个人心理，开后来风靡文坛的"私小说""心境小说"的先河。具有东西方高度文化素养的漱石从一开始便同自然主义文学背道而驰，而以更广阔的视野、更超拔的高度、更有责任感而又游刃有余的态度对待世界和人生，同森鸥外一并被称为既反自然主义又有别于"耽美派"和"白桦派"的"高踏派""余裕派"，是日本近代文学真正的确立者。随着漱石一九一六年去世及其《明暗》的中途绝笔，日本近代文学也就此落下了帷幕。

以行文风格和主要思想倾向划线，作品可分为明快、"外向"型和沉郁、"内向"型两类。前者集中于创作初期，以《我是猫》

《哥儿》为代表，旁及《草枕》和《虞美人草》。在这类作品中，作者主要从理性和伦理的角度对现代文明提出质疑和批评。犀利的笔锋直触"文明"的种种弊端和人世的般般丑恶。语言如风行水上，流畅明快；幽默如万泉自涌，酣畅淋漓；妙语随机生发，警句触目皆是，颇有嬉笑怒骂皆成文章之势。后者则分布于创作中期和后期，主要作品有《三四郎》《其后》《门》（前期三部曲）和《彼岸过迄》《行人》《心》（后期三部曲），以及绝笔之作《明暗》。在这类作品中，作者收回伸向社会的笔锋，转而指向人的内心，发掘近代人内心世界的不安、烦恼和苦闷，尤其注重剖析小知识分子的"自我"、无奈与孤独，竭力寻觅超越"自我"、自私而委身于"天"的自在和谐之境（"则天去私"），表现出一个作家应有的社会责任感和执着、严肃的人生态度。

漱石总共创作了十三部长篇小说，文集选了五部：《我是猫》《哥儿》《草枕》《三四郎》《心》。应该说，无论社会影响还是作品的完成度，均属上乘之作。《我是猫》别出心裁，妙趣横生；《哥儿》嬉笑怒骂，一气呵成；《草枕》优美典雅，和汉相映；《三四郎》娓娓道来，缠绵凄婉；《心》山重水复，沉郁悲凉。读之，或为其修辞之妙悠然心会，或为其转合之巧不禁莞尔，或为其电光石火的哲思掩卷沉吟，或为其高蹈耿介的人格感佩不已。

不仅能享受文学特有的审美愉悦，而且可能进入另一次元的精神园地，领略东瀛文学巨匠和、汉、洋交融而又割据的心间风光。难得的是，虽然时隔一百余载，但其中未尝没有当下你我的人生图像，影影绰绰，或者真真切切。

五部长篇的翻译时间，《哥儿》最早，一九八四年，乃拙译长篇的"处女译"。彼时我读研毕业不久，年龄尚与书中的"哥儿"相仿，满头乌发，满面红光，满怀豪情，"日啖荔枝三百颗"。《三四郎》最晚，二〇二三年，半头白发，满脸沧桑，一腔悲凉，译海颠簸近四十年矣。《心》始译于一九九八年，依然作客岭南。《我是猫》译毕于二〇一九年，早已定居青岛。《草枕》译于《我是猫》与《三四郎》之间的暑假，人在东北乡下老家。而今承蒙青岛出版社慨然玉成，先后五个单行本终于以五卷本文集的形式一并面世，人生之幸，译事之乐，笔耕之欢，其若此乎！

说回译序。行文至此为止权为总序，总而序之，五本相同；由此往下则为个序，每本各立门户，各所不一。如此总序个序合为一体，自知不合体例，然苦于别无良策，只好贻笑大方，尚希见谅为盼。

好了，下面是《哥儿》的个序：夏目漱石最好玩儿的小说。

中国现代作家中，如"郭鲁巴茅"等名作家不在少数，而国人唯独称鲁迅为"鲁迅先生"；无独有偶，日本近现代作家中声名远播者也为数不少，而彼国独称夏目漱石为"漱石先生"。所以如此，一个主要原因，大概在于两人都在艺术上确立了一种典范：文体家。江南才子木心虽自视甚高，但毫不犹豫地称鲁迅是文体家，甚至评价"一株是枣树，另一株也是枣树"之语不可方物，横绝一时；村上春树虽对本国文学一向不以为然，但对漱石的文体成就则不吝赞美之词，谓漱石文体已成为一种经典、一种标准、一种参照（reference）。一句话，文体家。

还有一个共同点，即两人都以笔名闻名于世。鲁迅，原名周树人，而以母姓改为"鲁迅"，这点尽人皆知，无须赘言。夏目漱石，原名夏目金之助，而据中国古籍《世说新语》"漱石枕流"句改为"漱石"——舍"金"取"石"？说来有趣，漱石出生于申日申时，依日本当时说法，日后有可能成为大盗（"大泥棒"）。为防患于未然，遂取名"金之助"——生来有金相助，何须窃人金钱！其实漱石四十九年人生中恐有四十年无金相助。名副其实的"金之助"乃他去世近七十年后的一九八四年至二〇〇四年这二十年间——漱石头像赫然印在日币 1000 元纸钞正面，朝夕与"金"相伴，有"金"相助。作为文学家得此幸者，夏目漱石乃第一人，由此亦可见其在日本朝野上下的地位。

夏目漱石一九〇五年发表《我是猫》，一举成名。至其去世不过十年左右时间，而仅长篇小说就写出十三部。除了《我是猫》，另有《哥儿》《草枕》《虞美人草》《三四郎》《从此以后》《门》《彼岸过迄》《行人》《心》《道草》《明暗》等。其中最具代表性的，无疑是《我是猫》；印行量最大的是《心》，逾七百万册；而最好玩儿、最有趣的，则非《哥儿》莫属。

陈丹青曾说鲁迅是百年来中国第一好玩儿的人，还说木心是一个好玩儿且能吸引你的人。非我谦虚，鲁迅我读得不多，不知什么地方"好玩儿"。对木心的"好玩儿"略有所感。相比之下，读研时代大体通读了漱石全集，故对漱石的好玩儿体会颇深。不过话说回来，漱石真正好玩儿的作品也不外乎《我是猫》和《哥儿》两部，尤以《哥儿》为最——彻头彻尾、彻里彻外地好玩儿，不折中，不含糊，好玩儿就是好玩儿。

《哥儿》的主人公哥儿是一个不谙世故、坦率正直的毛头小伙子、"愣头青"，物理学校毕业后从东京去一所乡间中学当老师。其间和校长（"狐狸"）、教导主任（"红衬衣"）、图画教员（"二流子"）格格不入，与之发生了种种始料未及的戏剧性冲突，辛辣而巧妙地讽刺了社会上的丑恶现象，鞭挞了卑鄙、虚伪和权术，赞美了正义、坦诚与纯真。这样的故事和主题，不同作家自然有不同写法。而落在夏目漱石笔下，其最大特点就是好玩儿。不信且看：

> 我是个天生的冒失鬼，从小就总是吃亏。上小学时，曾从二楼教室一跃而下，摔伤了腰，痛了一个星期。也许有人问，何苦如此胡来，其实也没什么大不了的理由：我从新建好的二层楼上探头下望，一个同学开玩笑，说我再逞能也不敢从上边跳下来，还大声起哄笑我是胆小鬼，仅此而已。事后工友背我回家，父亲瞪起眼睛，说："哪有你这种家伙，从二楼跳还能摔坏腰！""好，"我说，"下次跳个不摔腰的给你看。"

喏，好玩儿吧？同学一起哄就逞能跳了，父亲一说非但不认错，还说要"跳个不摔腰的给你看"。如此寥寥数语，使得一个调皮鬼、冒失鬼男孩儿的形象跃然纸上。不妨认为，这是多数男人成长过程中或多或少都可能有的经历和体验。这样，"好玩儿"就有了和自己的少年记忆重合起来的可能，会引起感情共振。不过日本人更多地认为这是传统"江户仔""江户男儿"（江户っ子）

有别于关西人或小地方人、乡下人的气质的表现,直性子,爽快,出手大方,不会拐弯抹角算计别人。漱石曾说小时候自己是个淘气鬼,喜欢吵架,常被人斥为野小子。如此看来,哥儿身上有漱石的投影,至少透示出他对哥儿性格的价值认同。

出示名片后,我被带到校长室。校长脸色发黑,两只大眼睛,稀稀拉拉几根胡须,活像个狐狸。架子倒不小:"喂,好好干!"说着,装模作样地把一张按了朱红大印的委任状递了过来——后来回京时,被我揉作一团扔到海里去了。校长说,一会儿把我介绍给教职员时,要将这张委任状给每个人一一过目。多此一举!如果这样,把它贴在教员室墙上,展览三天岂不更好!

接下去,校长慢慢悠悠开始训话,开场白是工作基本要求,继而大讲特讲教育事业的宗旨。这是哥儿去那所乡间中学报到时的场景。在这里,校长的郑重其事和哥儿的玩世不恭形成鲜明的反差,这也是哥儿不拘小节的率性与职场刻板的规定及上司不无虚伪的说教或者"官腔儿"发生的第一次错位,为此后接连不断的风波埋下伏笔。难得的是,这种"山雨欲来风满楼"的气氛渲染和人物描摹，读起来全然没有紧张、沉重之感，字里行间如有一道小溪欢快地流淌不止。好玩儿！

胆小鬼！自己做的事，硬是不认账，有何办法！只要你不拿出证据来，就死皮赖脸，佯作不知。我上中学时也不是没淘过气，可一旦有人问到，从未干过这种临阵逃脱的卑鄙勾当。做了就是做了，没做就是没做，我再淘气也是一身清白。要是想用说谎来开脱罪责，一开始就别淘什么气。淘气在前，必有惩罚在后，正因为惩罚在后，淘气才有意思。光想淘气而不想挨罚——世界上居然有这等卑劣之徒。那些只借钱而不想还的家伙，想必就是这类家伙毕业干的。他们到底上中学干什么来了？进得校门，说谎、欺骗、偷干坏事还洋洋得意，然后神气活现地拿过毕业文凭，便自以为受了教育。这些不堪造就的兵痞！

一天夜里，哥儿在学校值班时给学生捉弄了一通。好几个住宿生偷偷把蝗虫放进他的蚊帐，以致他刚进蚊帐就惹得蝗虫四下惊飞横冲直闯。哥儿随后把几个学生代表叫来床前质问。不料学生概不承认，于是有了上面一番心理独白。

独白的主题很严肃：教育的宗旨。这点，校长"狐狸"、教导主任"红衬衣"和数学教员"豪猪"都讲过。"狐狸"一本正经，"红衬衣"装腔作势，"豪猪"慷慨激昂，而哥儿短兵相接，刀刀见血，步步紧逼，一鼓作气，不容还手。无论多么严肃的事理也以诙谐出之，的确够好玩儿的。自不待言，从中也可读取漱石的价值取向和道德感——漱石固然看重知识和学问，但更看重的，无疑是人品、人格境界，亦即，是君子还是小人。

漱石研究在日本至今仍是显学，研究者们普遍认为《哥儿》与漱石的任职经历有关。明治二十八年（一八九五年），漱石经友人介绍前往爱媛县的松山中学教英语，十一年后以松山为舞台创作了《哥儿》。尽管松山的风土人情让漱石有违和感，也曾为一些琐事伤脑筋，但总体上颇受当地师生尊敬，学生们也都乖乖听课，并没有发生把蝗虫放进蚊帐那样的恶作剧。而且，因其是东大学士出身，工资比校长还高，每月八十元（其时警察月薪为十六元）。所以那段经历只是为《哥儿》的创作提供了若干素材，远非自传或自传体小说。

也有学者如赤木昭夫认为《哥儿》是"讽刺小说"，校长"狐狸"、教导主任"红衬衣"和图画教员"二流子"，分别影射那一时期先后出任首相的政要山县有明、西园寺和桂太郎（参阅《漱石之心：夏目漱石的哲学与文学》，赤木昭夫著，信誉译）。不过这一课题过于深刻。作为推测倒也罢了，而要落到实处，就需要深入了解一百多年前的那段历史，做许多论证，而那非我能力所及，也未必好玩儿，留待以后再说。不过赤木昭夫说《哥儿》讽刺"红衬衣"等人所体现的双重道德这点相当令人信服，"他一方面将《教育敕语》中的道德强加给学生，另一方面却一边同相熟的艺伎阿铃保持着关系，一边霸占了他人的未婚妻（玛利亚）"。以致最后哥儿和"豪猪"实在气不过，在"红衬衣"和"二流子"夜里去角屋和艺伎厮混完出来的时候把两人迎面拦住：

> 我立即把手伸进袖里，掏出两个鸡蛋，"给你！"——朝二流子脸上掷去。鸡蛋应声炸裂，白里透黄的液体从他的鼻端黏黏糊糊地流淌下来。二流子大惊失色，"哇"的一声跌坐在地，口称"饶命"。这鸡蛋我本是买来吃的，并非为藏在袖里当武器。只因太气不过了，才下意识地掷了出去。眼见二流子一屁股坐在地上，我才发现自己得手。于是我边骂"畜生"，边把剩下的六个一股脑儿朝他脸上狠命砸去。二流子满脸是蛋，黄乎乎一片。

与此同时，豪猪正在左一拳右一拳噼噼啪啪痛打"红衬衣"，哥儿也跟着把二流子劈头盖脸打了一通。"你们这两个奸贼，我们是替天行道。要是怕挨打，以后就老实点！不管你怎么巧舌如簧，天理难容！"然后两人甩开大步，扬长而去。

忘记说阿清婆了——我回到东京，没去寄宿处，提着帆布包，径直扑到阿婆那里："阿婆，我回来了！""啊，小少爷，总算早早回来了！"说着眼泪吧嗒吧嗒滚落下来。我也高兴极了："再不去乡下了，和阿婆在东京找个房子住！"

喏，两人的"替天行道"何等绘声绘色淋漓畅快，看得人几乎拍腿大叫快哉。而写到从小疼爱哥儿的阿清婆时则笔锋一转，如过急流险滩而雁落平沙。这也是尔虞我诈钩心斗角的人世间的一股暖流。不言而喻，阿清婆是母亲、母爱的象征，足以唤起我们的乡愁，同时表现出哥儿心中柔软的一面——不仅仅嫉恶如仇、不单单幽默好玩儿，也有感人的温情。

是的，好玩儿和幽默密不可分，幽默和机智密不可分，鲁迅先生评《哥儿》和《我是猫》"轻快洒脱，富于机智……当世无与匹者"。换个说法，幽默是机智的产物。文学评论家福田清人所编《夏目漱石》一书就《哥儿》评曰:"这里见到的真正意义上的幽默,在日本近代小说中极为贫乏。"另一位文学评论家高山樗牛尝言:"古往今来,我国文学家鲜有幽默者……即使偶然见得,也很浅薄,其意大多低俗。"(转引自赤木桁平《夏目漱石》)而无论《哥儿》还是《我是猫》,二者都以幽默见长,随机生发,笑点迭出。或快人快语,或引而不发,或咄咄逼人,或娓娓道来,而绝无浅薄之嫌,更无低俗之弊。同是幽默,较之《我是猫》中的纵横捭阖洋洋洒洒,好看耐看;《哥儿》则如风行水上轻盈自然,好玩耐玩。确乎"无与匹者"。

有吗?文学史上每每与漱石相提并论的森鸥外,村上谓"其行文风格未免过于经典和缺乏动感"。纵使诺贝尔文学奖获得者川端康成,也不见幽默笔法。此外如岛藤藤村、永井荷风、志贺直哉、谷崎润一郎、芥川龙之介、太宰治、三岛由纪夫、井上靖等,诚然各领风骚,各具面目,但就"轻快洒脱,富于机智"的幽默感而言,无人可与漱石相匹敌。而幽默感当然不是漱石文体特色的全部,容我再次引用村上之语"每一个句子都是'自掏腰包'"。日本文学史上因而有了一骑绝尘的文体家。这点在《我是猫》和《草枕》的译序中多有涉及,恕不重复。

最后说两句翻译。"哥儿",日语为"ぼっちゃん"(坊っちゃん)。意思有两个,一是从小娇生惯养不懂人情世故的男孩、男儿,二是对他人男孩的尊称。第一个意思与汉语"公子哥儿""小少爷"相近。问题是,译为"公子哥儿"虽近其义而远其形,只好姑且略为"哥儿";而若译为"小少爷",考虑到主人公已毕业工作,年龄并不为小,所以也不贴切。有的译本译为"少爷"(《少爷》),而"少爷"作为汉语似与"老爷"相对,不无贬义。这样,思考再三,决定沿用"哥儿"译法。至于"哥儿"之译始自何时,则未予考证,至少在鲁迅笔下已作"《哥儿》"。

《哥儿》在我的翻译生涯中乃"处女译"。最初分两期发表在我任教的暨南大学外语系主办的《世界文艺》季刊。年份应是一九八四年,具体哪一期记不确切了。每千字稿酬三元(其时我的月薪不及百元)。据责编谢耀文老师告诉我,刊物顾问、老一辈英语专家张鸾铃教授看了,称赞说:"这才是小说!"记得主编是英诗翻译家、诗人翁显良先生,顾问另有戴镏龄(中大教授)、曾昭科(暨大外语系教授兼主任、广东省人大常委会副主任)、黄伟经(广东省作协外国文学委员会主任、花城出版社编辑)。也是因为一九八二年从吉大研究生院毕业的我还年轻,《哥儿》发表后我兴奋得真像"哥儿"似的——把刊发《哥儿》的两期《外国文艺》买了一捋子发给我教的班上同学，人手一份。十多年后的二〇〇〇年连同后译的《心》一并交给花城出版社，以《心》为书名出版，责编是林青华。倏忽间又二十几年过去，《哥儿》译作未老，而译者我老了，责编也老了。上述几位先生多已作古。抚今追昔，往事如烟，而又历历如昨，怅何如之。此番重写译序由青岛出版社收入漱石文集再度付梓发行，作为我，虽不再像"哥儿"那样欣喜莫名，但也还是感到高兴和欣慰。今天，借用青岛诗人高伟女士之语：乃余生中最年轻的一天。

            林少华

         二〇二四年二月六日午后

         时青岛风回天外雪满窗前

         二〇二四年十二月十二日灯下改定

         时青岛一弯冷月数点寒星

目 录

译序
夏目漱石和他的《哥儿》：夏目漱石最好玩儿的小说　　01

一　　001

二　　015

三　　027

四　　039

五　　053

六　　067

七　　085

八　　103

九　　117

十　　133

十一　　149

我是个天生的冒失鬼，从小就总是吃亏。上小学时，曾从二楼教室一跃而下，摔伤了腰，痛了一个星期。也许有人问，何苦如此胡来，其实也没什么大不了的理由：我从新建好的二层楼上探头下望，一个同学开玩笑，说我再逞能也不敢从上边跳下来，还大声起哄笑我是胆小鬼，仅此而已。事后工友背我回家，父亲瞪起眼睛，说："哪有你这种家伙，从二楼跳还能摔坏腰！""好，"我说，"下次跳个不摔腰的给你看。"

我从一个亲戚手里得了把进口小刀，把光闪闪的刀刃冲着太阳晃给同学看，其中一个说："亮倒是亮，只怕切不了东西。""笑话！"我应声答道，"没有不能切的！"对方随即提出："那就切你的手指好了。""手指？这还不容易，你看着！"我对着大拇指斜切下去。幸好刀小，指骨又硬，大拇指至今还连在手上，只是那伤疤此生此世算消不掉了。

往院子东边走二十步，尽头偏南有一小块菜园，正中长着一棵栗树，结着对我来说简直是命根子的栗子。栗子熟时，我一早爬起来就跑出厨房后门，拾来那些掉在地上的，带到学校受用。菜园西端连着一家叫"山城屋"的当铺，当铺老板有个儿子叫勘太郎，十三四岁。不用说，这家伙是个胆小鬼。人虽胆小，却偏要跳过方格篱笆，到这边偷栗子。一天傍晚，我躲在折叠门后，终于逮住了勘太郎。这家伙见无路可逃，恶狠狠猛扑过来。他比我大两岁，胆子虽小，可力气蛮大。将那颗肥肥大大的脑袋，一头顶住我的胸口，步步加劲。不巧那脑袋一偏，竟溜进了我的袖口，害得我手在里边派不上用场，乱挥乱抡起来。勘太郎在袖口中的脑袋，便随之左右摇摆。最后忍耐不住，在袖筒里一口咬住我的手腕，痛得我一股劲把他推到篱笆墙根，一个扫堂腿，绊他个跟头。"山城屋"的院子比菜园低有六尺，那勘太郎把方格篱笆压倒半边，"扑通"一声，大头朝下栽到他自家领地去了。这当儿，我的一只夹袄袖也不翼而飞,手一下子自如起来。当晚,母亲到"山城屋"道歉,顺便把袖子带了回来。

此外我还干了不少坏事。一次,领着木匠兼公和鱼店的阿角,把茂作家的胡萝卜苗圃毁坏了。当时芽尚未出齐,铺着一层草。我们三人在上边整整摔了大半天跤,芽苗给踩得一塌糊涂。还有一次把古川家菜地里的井填上了,结果闯了大祸。按通常做法,本应拿根粗大的孟宗竹,掏空竹节,深深插入井内,把水引出,浇灌附近的菜地。但当时我不晓得个中奥妙,只管将石头、棍棒投入井内,塞得满满的,见水再也出不来了,才回家吃饭。刚端起饭碗,古川满脸涨红,叫骂而来。记得好像赔钱了事。

父亲一点儿也不喜欢我,母亲一味偏向哥哥。哥哥脸皮白得出奇,喜欢模仿舞台上旦角的动作。父亲一瞥见我,张口就骂我一辈子也出息不了。母亲也说我胡作非为,日后不叫人省心。事实也真是这样:我没出息,也没叫人省心,只差没进班房。

母亲病死前两三天,我在厨房翻跟头,给锅台磕了肋骨,痛不可耐。母亲大为恼火,说再也不想见我这种人,我便跑到亲戚家去了。不想竟传来了母亲的死讯。我没料到母亲死得这么快，早知病成这样，也该老实一点才是。我一路后悔，赶回家里。刚一进屋，那混账哥哥劈头一句，说我不知孝顺，母亲是因为我才早死的。我又气又恨，上去给他一记耳光，被父亲狠狠训了一顿。

母亲死后，我和父兄三人度日。父亲整天无所事事，见面就说我不行，直成了口头禅。我至今也弄不明白我到底什么不行，天底下竟有这样的老子。哥哥声称要当什么企业家，抓住英语不放。他原本就是女人脾性，加上狡猾，两人关系很僵，差不多十天就吵一次。一次下棋时，他卑鄙地设一伏子，堵住我老将的去路，见我发窘，便笑嘻嘻地冷嘲热讽。我一气之下，将手中的"车"朝他眉间掷去，打得他眉间开裂出血。他向父亲告了我一状，父亲便宣称要同我断绝父子关系。

于是，我只好横下心，静等被扫地出门。这时候，一个在我家干了十年的叫阿清的女佣，哭着替我向父亲求情，父亲才好歹息怒。可我并没因此惧怕父亲，反而对阿清的举动大为不忍。听说这女佣本来出身名门，明治维新时家境衰微，才落到为人做佣的地步，此时已经是老婆婆了。不知什么因缘，这阿婆十分疼爱我。母亲死前三天放弃了我，父亲一年到头看不上我，街坊邻居指脊梁骨叫我混世魔王，然而这阿婆却对我百般疼爱。我自知自己压根儿不是讨人喜欢的人，因此对遭人白眼早已不放在心上，而对阿婆这番亲热，反倒莫名其妙。没人时，阿婆几次在厨房里夸我为人正直，品性难得。但我不晓得阿婆话里的含义。心想：若是品性难得，其他人也该对我和善一点才是。每当阿婆提起这话，我差不多总是顶她："我不要听这个！"于是阿婆愈发笑容满面地盯着我的脸，迭声说道："这才是，这就叫作品性难得。"那神情，似乎在炫耀我是她制造出来的一件产品，叫人心里有些不悦。

母亲去世后，阿清婆对我更加疼爱起来。我每每以小孩之心揣度受此厚爱的原因，但不得其解，心中暗想：讨厌，多事！又觉得她可怜。但阿婆仍然喜爱我，不时用自己的零用钱买豆沙糕、梅花煎饼给我。寒冷的夜晚，悄悄买好荞面，做成面汤，神不知鬼不觉地放在我枕边。有时还买来砂锅面条。不光吃的，还有袜子，有铅笔，有练习簿，后来有一次竟借给我三元钱。我并没向她开口，而她拿钱走进房间："没零花钱不方便吧？"说着把钱塞进我手里。我当然摇头不要，她非叫我拿着不可，我便收了下来。其实我高兴得要死，把三元钱塞进小钱包，揣到怀里，转身去上厕所，不料一下子掉到便池里去了。无奈,只好垂头丧气地回来跟阿婆实话实说。阿婆立即找来一根竹竿,说给我捞上来。不大工夫,井台传来"哗哗"的水声。跑去一看,见她正用竹竿尖挑着钱包,用水冲洗。之后打开钱包,里面的三张整元纸币已经变成茶青色,图案模糊不清了。阿婆用火烤干,递给我说:"这回行了吧?"我嗅了嗅:"呀,臭。""那么再给我,给你换来。"不知她去哪里搞了什么名堂,换成了三枚银币。我忘记这三元钱干什么用了,口称马上还而没还。如今即使想还以十倍,也无法做到了。

阿婆给我东西,每次都趁哥哥不在的时候。我说:"这哪好,不要!"我最不喜欢瞒着别人独占便宜。虽说同哥哥合不来,也不想瞒着他拿阿婆的糕点和彩色铅笔。一次我问阿清婆:"为什么只给我一个人,不给哥哥呢?"阿婆一本正经地说:"不用管哥哥,他有爸爸给。"这不公平。父亲虽然固执,但并非那种偏心眼儿的人。可在阿婆眼里却不是这样,全是她太疼爱我的缘故。尽管她过去是有身份的,但毕竟没受过教育,叫人毫无办法。偏心无药可医。这还不算,她还认定我准能出人头地,而断言哥哥只是脸皮白,成不了大器。遇上这样的阿婆,真令人头疼。在她眼里,自己中意的人一定升官发财,而讨厌的人保准一无所成。本来那时我并没有当官做事的打算,但经不住阿婆再三鼓吹,便也自命不凡起来。现在想来,实在好笑。一次我问阿婆,自己能当上什么,不料她也好像没认真想过,只是说,肯定出入有车坐,住宅有威风的大门。

从这以后,阿婆便打算等我自立门户后随我住在一起,几次求我务必收留她才好。我也模糊觉得自己可能会拥有住宅,便随口答应下来。不想这阿婆想象力强得很,什么你喜欢哪里,麹町①如何啦,什么院子里要挂个秋千、洋房一间足够啦,只管自作主张,一厢情愿。那时我根本就没想到要什么房子,每次都回答阿婆:"管它洋房日本房,我才不稀罕呢。"结果她又夸我不贪财,心地干净。反正不管我说什么,她都少不了夸奖一通。

母亲死后的五六年时间里,我就这样过着。被父亲训,和哥哥吵,吃阿婆的糕点,时受夸奖,别无他求,心满意足。我想别的小孩大概也同样如此。只是阿婆每遇什么事,就絮絮叨叨说我可怜、不幸,于是我又以为自己是真的可怜、不幸。此外没有任何恼人的事,只是对父亲不给零用钱有些不快。

---

① 麹町:原东京区名,现划为千代田区,为政府机关及官邸集中之地。

母亲去世后第六年的正月，父亲也中风死了。那年四月我从一所私立中学毕业，三月哥哥走出商业学校。他在一家公司的九州分公司找到了工作，要去上任；而我还得留在东京继续求学。哥哥提出要卖掉房子，处理财产，然后动身去九州。我说怎么都行。反正我不想端哥哥的饭碗，即使他要照顾我，也还是要吵架，免不了给他吹毛求疵。况且若真的受他这种应付了事的保护，就不得不向他低三下四。我都想好了，就是当小工，给别人送牛奶，也要自己挣口饭吃。哥哥找来旧家具店老板，把世代传下来的杂乱家具、古董，三捆两捆，换了几文钱。房子经人周旋，卖给了金满家。这大概得了不少钱，详情我一无所知。我在一个月前就搬到神田区小川街寄宿，以待决定去向。阿婆见自己住了十几年的房子一朝转卖于人，甚感可惜，但不是她自己的，自是奈何不得。她在我面前絮絮不止，说要是我再长大一点，把这份家业继承下来该有多好。实际上，倘若我大一点便可继承的话，那么现在也不是不可以，而阿婆全然不晓，以为我只要年龄再大些，便可接收哥哥的家业。

和哥哥就这样分开了。难办的是阿清婆的去处。哥哥自然无法带她前去，而且她也根本不想跟哥哥远下九州。我又整天闷在四个半榻榻米大的寄宿间，而且连这么个住处到时候也必须退掉，实在一筹莫展。我问阿清婆，是否想在哪里当保姆。阿清婆想了想，定下决心说，在我成家以前，只好打扰外甥了。她这位外甥在法院当书记员，生活尚好，这以前几次劝阿婆去住，阿婆都没有答应，说自己虽是当用人，但多年来已经住习惯了。而眼下，阿婆大概觉得，与其到素不相识的大户人家小心服侍主人，不如在外甥身边好些。这么拿定主意后，阿婆嘱咐我快点找房子，快点讨老婆，她好去帮忙。看来，同作为至亲的外甥相比，她似乎更喜欢我这个外人。

哥哥动身去九州的前两天，来到我的住处，递给我六百元钱，说，是当资本经商，还是作学费读书，尽管随便，只是以后不再管我。就哥哥来说，这一举动已相当慷慨了。我本来觉得即使不靠那六百元钱也混得下去，但我高兴他这种从未有过的淡泊态度，道谢接过。随后他又掏出五十元钱，叫我顺便交给阿清婆，我满口答应。两天后，在新桥车站同哥哥分手，此后再未见过。

我躺在床上，考虑这六百元钱的用法。做买卖吧，麻麻烦烦的，我又不是那块料，况且这六百元钱也做不成像样的买卖。退一步说，即使做得成，我现在这两下子，都无法理直气壮地在别人面前说自己受过教育，还不是只有吃亏赔本的份儿。算了，买卖不成，就用来当学费读书好了！六百元钱分成三份，一年花二百，可以学三年。三年时间里若拼命用功，总可以学点东西，于是我就开始考虑哪所学校合适。然而学问这东西，我生来就一样也不喜欢，特别是语言学啦，文学啦，一看就头晕。还有什么新体诗，二十行中连一行都看不懂。既然哪样都不喜欢，那么学哪样都是一回事。幸好路过物理学校门前时，见有一张招生广告，真是缘分！我领了份招生简章，很快办好了入学手续。如今想来，这也是我那天生的鲁莽性格造成的失策。

在校三年，我也差不多同别人一样用功，但由于素质差，名次总是倒数来得快。三年一过，我也莫名其妙地混得个毕业，自己都觉得滑稽，可又不便说三道四，乖乖跨出校门。

毕业后第八天，校长叫我前去，我当是什么事，到那里一看，原来是四国地区一所中学需要数学教师，月薪四十元，问我是否愿去。说实话，我虽然也吃了三年寒窗苦，但压根儿就没想过当什么教师，去什么乡下。当然，也没考虑过教师以外的任何职业。因此，当校长问到我头上，便当场回答愿去，这也无非是我那天生的鲁莽性格作祟的结果。

既然答应了，就必须赴任。蛰居斗室的三年时间里，我没听到有人说我一句坏话，没吵过一次架，是我一生中颇为悠然的时代。可是，现在这四个半榻榻米大的小房间也得退掉了。东京以外的地方，在校时只跟同学去过镰仓，算是唯一一次出远门。这次则远非镰仓可比，要到很远很远的地方去。从地图上看，那地方位于海滨，仅有针尖那么大，反正不会是什么好去处，不知是何城镇，居住何人。不知道也没关系，无须担心，尽管前去，只是有些麻烦。

　　房子卖掉后我也常跑去阿清婆那里。阿婆的外甥实在是个好人，每次去时，只要他在家，无不设法款待。阿婆当着我的面，东拉西扯地把我吹给外甥听。甚至无中生有，说我从学校毕业出来，马上就要在街上买一所邸宅，走马上任。她只顾自以为是地喋喋不休，羞得我在旁边满脸通红，而且不止一次两次。还不时把我小时尿床的事和盘托出，叫人哭笑不得。我不知她外甥听后做何感想，只觉得这阿婆到底是旧式妇女，似乎把她自己同我的关系，看成封建时代的主从关系，以为我既然是她的主人，也无疑是外甥的主人，亏她外甥为人和善。

　　工作最后讲定、动身赴任的前三天，我去看阿清婆。她感冒了，躺在朝北一个三个榻榻米大的房间里。见我进来，忙爬起身，没等坐稳就问："小少爷，什么时候买房子啊？"她以为只要一毕业，钱就会自动从口袋里冒出来。既然把我看得如此神通广大，却依旧管我叫"小少爷"，可见愈发傻气了。我简单告诉她，眼下买不成房子，要到乡下去。她显得非常失望，不停地拨弄额角零乱的花白头发。我见她着实可怜，安慰说，去是去，但很快就回来，来年暑假肯定回来。她还是一副茫然的神情。我问她喜欢什么，好买礼物回来。她说想吃越后粽子。何谓越后粽子，我听都没听过，首先方向上就南辕北辙，便说："我去的那乡下好像没有粽子。""那，你去的是哪边？""西边。""是箱根前边，还是后边？"费了我好多唇舌。启程那天，阿婆一早赶来，这个那个，照料一番。把来时路上在杂货店买的牙刷、牙签、毛巾塞到帆布提包里，我说不要，她不肯答应。我们雇辆黄包车，赶到车站，登上月台。我钻进车厢后，她定定看着我的脸，喃喃道："也许再也见不到了，可要好好注意身子。"眼里噙满了泪水。我没哭，但眼泪差一点就淌出来了。火车开出好一段路后，我以为她回去了，从车厢探出头，往回一看，她依然站在那里，不知怎么，显得异常瘦小。

二

一声长鸣,轮船停止了航行。舢板立即离岸,挨上前来。船老大赤身裸体,围着一块红兜裆布,好个不开化的地方。当然,天气这样热,怕也穿不得衣服。阳光直射下来,海水亮得出奇,一眼看去,直觉得头晕目眩。一问乘务员,他告诉我在此下船。举目前望,见是一个森林般的渔村。不觉心中叫苦:受骗上当,这等地方如何忍得。但事已至此,无可奈何。我抖擞精神,第一个冲下舢板,接着跟下五六个人。装上四五个大大的箱子后,红兜裆布把船驶回岸边。靠岸时我又一马当先,跃上码头,当即抓住一个小鼻涕鬼,打听中学在哪儿。小家伙呆愣片刻,然后说不知道。不愧是愚顽的乡下佬,屁股大的地方,竟不知中学位于何处。这当儿,过来一个身穿怪式短褂的汉子,叫道"跟我来",我便尾随而去,到得一家名为"港屋"的旅店门前,"呀"——几个女人异口同声,叫道"请进",我懒得进去,站在门口不动,问中学在哪儿,听得中学还要坐火车赶十五六里路,愈发无心进去。我一把从短褂汉子手里拎过自己的两个提包,无精打采,移步前行。旅店的人目瞪口呆。

车站立即打听到了,车票也手到擒来。挤上一看,车厢竟像火柴盒一般。"轰隆轰隆",还没开上五分钟,就到站下车了,怪不得车票如此便宜:只消三分钱。出站后雇辆黄包车,来到中学,不料已经放学,空无一人。工友告诉我,值班老师办事去了。居然有如此吊儿郎当的值班教师!本想拜访一下校长,但太累了,转身上车,叫车夫拉到旅店去。车夫飞也似的把车拉到"山城屋"门前。这"山城屋"同勘太郎的当铺名称一模一样,倒也有趣。

我被带到一间小黑屋子里,好像位于二楼楼梯下面,热得透不过气。我要求换个房间,对方答说:"不巧都住满了。"随手把我的提包甩在地上,扬长而去。无奈,只好忍气吞声,进到里边，擦汗歇息。不一会儿，喊我去洗澡。我"通"一声跳入，三把两把洗完上来。往回走时，发现有很多凉爽的房间空空如也。混账家伙，扯谎骗人！随后，女佣把饭菜端来。房子虽热，但饭菜比寄宿间的好吃得多。女佣一边伺候，一边问我从何处来，我告诉她从东京来。继而又问是好地方吧，我说那当然。女佣提着餐具往厨房走时，传来放肆的笑声。我直觉无聊，歪身倒下，但无法入睡。光热倒也罢了，还吵得不行，比寄宿间吵闹八倍。朦胧之中，梦见了阿清婆：阿婆把越后粽子连同竹叶塞到嘴里，大吃大嚼。我说竹叶有毒，劝她扔掉，她说对人体有好处，吃得津津有味。我瞠目结舌，转而放声大笑之间，睁眼醒来，女佣打开木板套窗，天空依然晴得像没有遮拦，一览无余。

听人说，外出旅行要付小费，否则得不到好脸色。我之所以被塞到如此昏暗狭小的房间，恐怕就是没付小费的缘故，就是衣着寒碜、随身只有帆布包和羽缎伞的缘故。这些乡下佬，倒会小看人，好，给她个最高格的小费，吓她一吓。别看我这副模样，从东京出来时，腰里还揣着学费剩下的三十元钱。去掉火车票、轮船票和零花，还有十四五元。反正以后每月开工资，即使都给光也无所谓。乡下佬没见过大钱，给上五元便足以使其眼花缭乱。等着瞧！我不动声色，洗完脸，回屋等待。昨晚那个女佣送饭进来，一边端盆侍候，一边偷偷怪笑。混账，我脸上又没什么热闹看！虽说沦落到如此地步，也比你这女佣嘴脸高贵得多。本打算吃完再给，但越想越气，没等吃完就甩出一张五元钞票："一会儿拿到账房去！"女佣讶然。然后，我放下饭碗，出门往学校走去，皮鞋也没擦。

学校昨天坐车去过一次，方位大致记得。过了十字路口，拐两三个弯，即到了学校门前。从大门到房门，花岗石铺地。昨天黄包车打上面碾过时，好一阵怪响，甚是刺耳。一路上碰见不少身穿小仓布①制服的学生，都从这大门口拥入，有的个头比我还高还壮。想到要教这等家伙，不觉有点不寒而栗。出示名片后，我被带到校长室。校长脸色发黑，两只大眼睛，稀稀拉拉几根胡须，活像个狐狸。架子倒不小："喂，好好干！"说着，装模作样地把一张按了朱红大印的委任状递了过来——后来回京时，被我揉作一团扔到海里去了。校长说，一会儿把我介绍给教职员时，要将这张委任状给每个人一一过目。多此一举！如果这样，把它贴在教员室墙上，展览三天

---

① 小仓布：福冈县小仓一带所产棉布。

岂不更好!

教员们在休息室聚齐,要等第一节下课铃响,那还有好长时间。校长掏出怀表看了看,慢慢悠悠地训起话来。开场白是关于工作的基本要求,接着大讲特讲教育事业的精神。我当然心不在焉,边听边后悔来到这么个鬼地方。我自觉无论如何也达不到校长的要求,他倒好,一把抓住我这个冒失鬼,漫无边际地指手画脚:什么要当学生的楷模呀,什么要成为一校师表呀,不一而足。假如我真的如此有本事,岂能为四十元钱跑到这大老远的穷乡僻壤!我原以为人这东西大同小异,不高兴时谁都免不了吵上一架。然而若按他说的去做,既不得无端开口,又不可随意散步。既然这职务要如此循规蹈矩,何不在雇用之前就交代明白!我不愿意说谎,而又别无良策,便自认上当,准备干脆就此告辞,一了百了。钱呢,刚才给旅店五元,钱包里只剩九元,九元是回不了东京的,可惜!不过靠这九元也不是无法可想。就算是路费不够,也胜过说谎。想到这里,便说:"按您的要求,我实在无能为力,这委任状还给您吧。"这一来,校长眨巴着狐狸眼睛,注视我的脸一会儿,笑道:"刚才说的不过是一种希望罢了,我完全知道你不可能一一做到,不必介意。"既然完全知道,何必来这个下马威!

这工夫,铃响了,教室那边随即一片嘈杂。校长说,大概教师都到休息室去了,我便跟在他后面,走进教员休息室。这是一个蛮大的长筒房间,四周摆着桌子,教师们倚桌而坐。见我进来,都不约而同地把视线集中到我的脸上。我又不是什么展品!接着,我遵照校长的训示,依序走到每个人面前,手捧委任状寒暄一番。他们大多只是从椅子上欠一下身,略微弓腰作答。认真的人便接过委任状,大致看罢,恭恭敬敬地复递过来,简直像庙会演戏似的。第十五个是体育教师。轮到他时,由于同一把戏已重复十几次了,不免有些随便起来。对方只消一次,而我却要反复十五次,也该体谅一下当事人才对!

寒暄当中,有一个身为教导主任的某某先生,听说是文学士。所谓文学士,就是大学毕业生,想必身手不凡。不知什么原因,他竟发出女人般娇滴滴的声音。而更令人吃惊的是,如此酷暑炎天,居然身穿法兰绒衬衣,尽管质料肯定不厚,但也无疑热不可耐。到底不愧是文学士,衣着也如此别出心裁,而且颜色是红的,更自以为是鹤立鸡群。后来听说,这家伙一年到头,红衬衣从不离身。竟有患此怪病的人!据他本人解释,红色有益于身体,是为此而特意定做的,真是杞人忧天!果真如此,何不将外衣、裤子也一并弄成红色的!此外,有个叫古贺某某的英语教师,脸色十分难看。一般说来,脸色发青的人普遍消瘦,而此人却又青又肿。记得念小学时,同学里有个叫浅井民的,他父亲也是这般脸色。这浅井家是农民,我便以为所有农民都是这副面孔。问阿清婆,阿婆说不是这样,而是光吃未成熟的青南瓜之故,所以才又青又肿。打那以后,每见到脸庞青肿的人,便断定是吃青南瓜的结果。这位英语教师,也当仅以青南瓜为食。不过,我至今尚不晓得青南瓜为何物。问阿清婆,她笑而未答,她也未必知道。还有一个和我同样搞数学的堀田某人,短平头,牛高马大,相貌酷似歙山恶僧。我这里谦卑地给他看委任状,他却眼皮不抬,哈哈大笑:"噢,新来的?有空去玩!"有什么好笑的,谁上你这个不懂礼节的家伙那里去玩!当场我便心里奉送这短平头一个诨名:豪猪。汉学教师到底古板,连声说道,昨日刚到?旅途辛苦,又要马上上课,委实辛劳,云云,倒是位和蔼可亲的长者。图画教师一副不折不扣的艺人风度,身穿薄得透明的绢褂,手摇扇子,说道:"老家哪里?东京?嗯?好,好好,我有伴了,我也是东京人哩!"我心中暗想:你这模样若也算是东京人，我宁愿不生在东京！其他人要是逐个道来，不知能写多少，就此为止。

从头到尾寒暄完后，校长吩咐："今天休息好了，当然教学上的事情要同数学组长商量一下，明后天开始上课。"一问，原来数学组长就是那个豪猪。罢了罢了，在这家伙手下干事，岂不一切休矣！豪猪道："住在哪里？山城屋？好，待会儿我去。"说完，拿起粉笔盒，往教室去了。身为组长，却屈尊找我，不知好歹。不过也好，总比叫我去强。

然后，我跨出校门，想马上回店，但回去也无事可干，索性逛一会儿街，便信步走去。县公署出现了，是上一世纪的古老建筑；兵营出现了，没有东京麻布区的联队营地那么神气活现；大街出现了，只有东京神乐坂一半那么宽，两侧房室更差。原来所谓食禄二十五万石诸侯的城下城①，不过如此而已。住在这等地方，还耀武扬威，号称什么城下王城，想来也够可怜。思忖之间，不觉到了"山城屋"门前。看上去面积挺大，却如此狭小，恐怕这就算通看完了。我想也该吃饭了，便迈步进店。坐在账房里的老板娘，一瞥见我，飞扑上前，头触地板："您回来了……"我脱鞋上去，女佣说客房

---

① 城下城：松山市原为食禄二十五万石的诸侯久松氏的城下城。

空了,把我领上二楼。这是一间十五个榻榻米大的向阳房间,带一个很大的壁龛。我自出世以来,尚未进过如此漂亮的房间,此后不知何时再有如此福分,赶忙脱去西服,只穿衬衣,往房间正中,躺成个"大"字,惬意非凡。

吃罢午饭,马上提笔给阿清婆写信。我作文不堪一提,字又认得不多,故最讨厌写信,而且写了也没处寄。但阿婆可能正在为我担心,若是以为我乘船遇难了可不妙,便鼓起劲,下功夫写了个长的。内容如下:

> 昨天到达,是个糟糕的地方。睡在十五个榻榻米大的房间里。给旅店五元钱小费。老板娘把头磕在地板上。昨夜没睡好。梦见阿婆连皮吃竹叶粽子。明夏回去。今天到校,给每个人取了外号:校长叫狐狸,教导主任叫红衬衣,英语教师叫青南瓜,数学的叫豪猪,图画的叫二流子。详情过两天再写。再见。

写完信,心中坦然,上来睡意,仍像刚才那样展臂舒腿,在房间正中躺成"大"字。这回睡得很香,没做梦。忽闻有人大声喊叫:"是这个房间吗?"睁眼一看,豪猪闯了进来。还没等我起身坐稳,即拉开谈判架势:"打扰了,你担任的课……"叫人啼笑皆非，不过听起来，任课内容似乎并不很难，便应允下来。如此简单，别说后天，明天开始又何惧哉！上课的事商量完后，他自作主张说："你总不至于长期在旅馆里住下去，我来给你找个寄宿的好地方，搬走算了。别人说房东不会答应，我说马上就可讲妥。最好快些，今天看，明天搬，后天到校上课，正好。"说得也是，我确实不能永远住在这十五个榻榻米大的房间里，即使把月薪全部当住宿费，怕也不够。一下子给了五元小费，马上就走，多少有点遗憾，不过既然迟早要搬，还是尽快搬走，适应新的环境，对自己有利，便把此事拜托给豪猪。豪猪随即叫我跟他一同去看。那房子坐落在市郊一座山腰间，幽静得很。主人是个古董商，名叫严银，老婆比他大四岁。读中学时学过"巫婆"一词，这老婆子恰与"巫婆"无异。不过是"巫婆"也不打紧，反正做了人家的老婆。这么着，我决定明天搬来。回来路上豪猪请我喝了杯冰水。在学校时以为他是个傲慢无礼的家伙，现在却如此多方关照，看来他并不坏，而似乎和我同样是个急性子，动辄发火。后来听说，此人在学生中最有人缘。

三

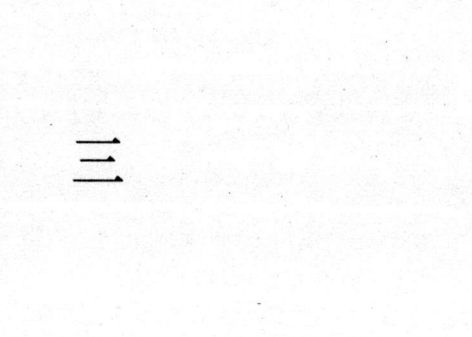

很快到校上课了。第一次进教室登上陡然高出的讲台，总感到有些不是滋味。边讲边觉得好笑：我这样子竟也成了教师。学生在下面吵嚷不止，不时有人震耳欲聋地大叫"老师"，令人胆战心惊。从前在物理学校时每天都叫"老师"，看来称人为老师和被人称为老师之间真有天壤之别，后者竟给人一种脚心发痒之感。我既非小人，亦非懦夫，可惜胆量不足，被人"老师"一声高叫，正像饿得发慌之时听得城内一声午炮响一样。第一节好歹应付过去了，好在学生没出难题。回到休息室，豪猪问我如何，我"嗯"了一声，他好像放下心来。

第二节课，拿粉笔走出休息室时，觉得好像即将冲入敌阵。一进教室，发现这回清一色是比刚才高大的家伙。我是东京人，身材小巧玲珑，即使登上这高处，也无法压住阵脚。若是吵架，不妨摔上一跤，给他点颜色，而站在这四十几个大家伙面前,实在难以仅凭这三寸不烂之舌使其俯首帖耳。可我想:要是被这些乡下佬看出自己的无能,以后如何得了。于是尽可能放开嗓门,用略快且重的声调讲了起来。起始,学生被弄得晕头转向,呆若木鸡。妙哉!我愈发得意忘形,竟用起了方言俚语。这当儿,前排正中一个悍的家伙一跃而起:"老师!"好,来了,我边想边问:"什么?""太快了,听不懂,能不能稍慢一点,要是?""能不能""要是"——模棱两可!我当即回击:"快了,可以慢点。不过我是东京人,不会讲你们的话,不懂,等到懂时好了!"这么一来,第二节意外顺利。刚转身要走,一个学生逼上前来,拿着一道我不知所云的几何题:"能不能把这题给解一下,要是?"我一身冷汗,无奈,只好说我不懂,下次再教,拔腿便走。学生哄堂大笑,其中夹杂着"不会、不会"的声音。混蛋!老师当然也有不会的!不会就说不会,有什么奇怪!要是会这玩意儿，何必为四十元钱跑到这等乡下。回到休息室，豪猪又问如何，我"嗯"一声，又觉不够解气，补充道："这学校的学生好不晓事！"豪猪茫然。

第三节、第四节，以及下午的一节，都大同小异。头一天上课，在哪个班都多少有点失误。当教师并不像以前旁观时那样快活自在。课虽一一上完了，却不能回去，必须干巴巴地等到三点。据说，三点时任课班的学生扫完教室后前来报告，要跟去检查。还要查一下出勤簿，然后才是下班时间。虽说我这身子以月薪受雇于人，也断无干完事还要死守学校、徒对空桌之理！但别人都一声不响地遵守规则，我初出茅庐，自然不好挑三拣四，只好默默忍耐。回去时，我对豪猪诉苦："真是愚蠢，干吗不问青红皂白都得在校熬到三点！"豪猪哈哈大笑，说道"是啊"，继而神情肃然，忠告似的说："你可不能乱讲学校的坏话，要说只对我一个人说。有些人是很怪的。"说着，在十字路口分了手，没能听到详情。

回到房间，房东跟着进来："喝杯茶吧！"听这一说，我以为他要招待我，谁知他毫不犹豫地拿起我的茶泡上，自饮起来。瞧这光景，说不定我不在时他也口称喝茶，径自进屋，自斟自饮。据房东说，他喜好书画古董，以至暗暗经营起来。

还说我看上去像位风雅之士，别有用心地劝我体会此中乐趣。记得三年前去帝国饭店为人跑腿时，曾被当成修锁匠；身披毯子观看镰仓大佛时，又给人称为车铺师傅。此外还有不少被人误会之事，而像这种当面夸我为文人雅士的场合，倒一次未曾遇过。一般说来，人的身份从其外表即可了然。那风雅之士，从画上看，都是头戴方巾、手持诗笺之流。而这房东却煞有介事地把我捧为此辈，可见居心叵测。我告诉他，自己不喜欢这种隐士般的悠闲勾当。"嘿嘿嘿，"房东边笑边说，"哪有一开始就喜欢的！一旦入了此道，就怎么也出不来啦！"说着，自行添了杯茶，以造作的手势送到嘴边。其实茶是我昨晚求他代买的，但我喝不了如此又苦又浓的茶。喝了一杯，觉得胃有些不适，便托他以后给买点不太苦的，他道声"遵命"，又仰起脖干了一杯。这家伙，见是别人的茶，就狠命喝个不止。房东走后，我预习了一下明天的课，随后躺下。

此后，天天到校按章办事，日日归后房东进屋喝茶。过了一周，学校的情况大致了然于心，房东夫妇的为人也知道个八九成。问其他教师，说是拿到委任状后的一周到一个月时间里，对别人给自己或好或坏的评价十分敏感，会坐卧不安。我倒丝毫没有介意。教室里常常出乖露丑，当时心情的确很糟，但半个小时一过，便忘得一干二净。我这人，凡事即使想长久担心，也担心不成。至于讲台的失败会给学生以何种影响，传到校长或教导主任耳里又将引起何种反应，我根本没放在心上。前面说过，我不是那种气壮如牛之人，但颇为达观。此处不行，换个地方就是，什么狐狸呀红衬衣呀，何惧之有。何况对教室里的小毛孩子更没心思去装笑讨好。学校如此即可，但寄宿处却甚是头疼。那房东若是光来喝茶，尚可忍耐，还拿来一些杂乱东西。最初拿来的是印章料，一排摆出十个，说总共才三十元，便宜得不得了，叫我买下。我又不是走乡混饭的刻字师，一口回绝说不要。于是随之又拿来一幅叫华山什么人的花鸟挂轴，独自挂在壁龛上。问我画得如何，我随口搪塞一句，他便说个没完没了。什么华山[①]有两个人啦，一个叫华山某某，另一个是华山某某啦，这幅是华山某某画的啦……说毕，催问道："怎么样？你买的话，十五元就可以了。"我说没钱，他说钱什么时候给都没关系，紧缠不放。我一把推开："有钱也不买！"下一次，扛来一块兽头瓦大小的巨砚，一口一个端砚，强调再三。我半开玩笑地问说何谓端砚，他马上解释起来："端砚有上层、中层、下层之

---
① 华山：渡边华山（1773—1841）、横山华山（1784—1837），均为江户末期画家。

分，如今市面上出售的全部是上层，而这个则确属中层。你瞧这眼，竟有三个，实在罕见。发墨极好，请试试看！"说着把巨砚推到我眼前。一问价，他说这是砚主从中国带回来的，求他务必卖出，因此便宜一点，三十元吧。利令智昏的家伙！学校那方面好歹可以应付下来，可这古董商却招架不住，看来不是久居之地。

没几天，学校也懒得去了。

一天晚上，我在一个叫大町的地方散步，发现邮局旁边有家荞面馆，招牌下端注有"东京"二字。我最喜欢吃荞面条，在东京时，每打荞面馆门前经过，闻到那股香味，便心里痒痒的，非掀开门帘进去不可。这些日子，忙于对付教学和古董商，忘了荞面条。而现在看见这招牌，便不能过而不入。好，顺便来上一碗，闪身进去。一看，原来名不副实：既然取号"东京"，也该干净一点才对。然而不知是没见过东京，还是没钱装修，脏得一塌糊涂。榻榻米黑得面目全非，且被砂砾磨得粗糙不堪，墙壁熏得漆黑，天花板不仅给煤油灯烟糟蹋得一片模糊，而且低低的，差点儿把人的脖子压回去。只有墙上那张炫耀似的标明荞面条名称、价格的白纸，非常之新。看样子怕是买了一座旧房子，两三天前才开张营业。价格表第一号写的是炸虾面,我大声叫道:"喂,来碗炸虾面!"话音刚落,蜷缩在角落里"咕噜咕噜"吞食东西的三个人,一齐朝我看来。房间黑,刚才没甚注意,而现在一打照面,原来都是学校的学生。对方打招呼,我也回了一句。这天晚上,由于好久没吃荞面条,觉得很香,一口气干光了四碗。

第二天,一如往常地一进教室,整块黑板大书特书五个大字:炸虾面先生。见我进来,底下哄堂大笑。活见鬼!我问:"吃炸虾面有什么好笑的?!"一个学生应声答道:"不过四碗也太多啦,要是。"四碗五碗,反正我自己掏钱吃进我自己肚里,干你何事!我三言两语,讲解完毕,回到休息室。十分钟后跨进另一间教室,只见黑板上写着:炸虾面四碗也,唯不得笑。刚才本没怎么生气,但这次十分恼怒。玩笑过火,便成了恶作剧,好比火大烧焦的烧饼,谁还愿吃。这伙乡下佬,全不晓得此中分寸,以为可以肆无忌惮。住在步行一小时就可游览完毕的小城里,平日怕没见过什么场面,便把炸虾面事件当作日俄战争一样大肆张扬,可怜虫!从小教育成这样子,长大只能是盆栽枫树般浑身净弯的小人!若出于天真,一起笑笑倒也罢了,可这成何体统!刚脱掉开裆裤的小毛孩子,竟如此存心捣蛋。我一声不响地擦去炸虾面,然后问:"这种勾当有趣吗？卑鄙的玩笑！你们知道卑鄙是什么意思么？"一个家伙当即答道："自己做的事被人笑还恼火，这才叫卑鄙！"混蛋！想到自己特意从东京跑来教这些家伙，真是窝囊透顶。于是喝道："少讲歪理，学习！"便开始讲课。不料下一节走进另一教室时，居然写着：吃了炸虾面，便想讲歪理。没完没了！我不禁大怒："没人教你们这些无礼的家伙！"说完便大步回去。后来听说学生落得休息，反倒欢喜。这一来，学校比古董商还伤脑筋。

回到住处，睡了一夜，炸虾面的气消了大半。到校一看，学生都已乖乖出席，不知是何缘故。此后三四天太平无事。第四日晚间，到住田吃了顿丸子。住田这个镇有温泉、有饭馆、有温泉旅店、有公园，还有妓院。从城下出发，乘火车需十分钟，走路要半个小时。我去的丸子店位于妓院街的街口，都说味道极好，便在洗完温泉往回走时顺便尝了几个。这回没碰见学生，以为无人知晓。然而次日到校，走进第一节课的教室，见黑板上写道：丸子两碗七分。我确实吃了两碗，花七分钱。讨厌鬼！上第二节时，我估计肯定还有什么名堂，果然不出所料，写道：妓院的丸子真好吃。这些得寸进尺的家伙！丸子风波刚刚平息，紧接着红毛巾又成了问题。

起初我摸不着头脑,结果无聊至此:自从来到这里,我没一天不去住田温泉。看遍其他所有地方,都远远不如东京,独有这温泉还真可观。我想好不容易来了,何不每天洗上一次,便在晚饭前跑去,也算是个运动。去时,每次都拎着一条偌大的毛巾。这毛巾本来就带有红色花纹,再一过水,一眼看去,确呈红色。无论是去是归,不管乘车还是走路,我无不拎着这条毛巾。于是学生们一口一个红毛巾叫起我来。反正住在孤陋寡闻的地方,总是不得安宁。还有,温泉旅店是一座三层新楼,花八分钱进上等房间,既可借浴衣,又可请人帮助擦身,女招待还用天目茶碗端送热茶。我每次去时都进上等房间,不料她们说我一个月才挣四十元,进这里太浪费了。多管闲事,与你何干!还有,这温泉的浴池是用花岗岩砌成的,有十五个榻榻米大小,一般可容十三四人,但有时空无一人。站起时水深齐胸,在里面游泳,锻炼身体,甚是惬意。我趁无人之机,在这宽阔的池里尽兴游玩,乐不可支。没想到,一天我从三楼兴冲冲直奔下来,心想大概今天又可游泳,从狭窄的入口处探头一看,里面贴着一张大纸,上面泼墨般几个大字:池内不准游泳!在其中游泳的,除我别无他人,看来是专门为我新贴上去的。此后我便断了这个念头。可是一到学校,吃了一惊,那黑板上分明写道:池内不准游泳!我隐约觉得,莫非学生里有人侦探我的行踪不成?晦气!尽管我不会因学生说三道四便改变自己的初衷,但每当想到何苦来到如此小得透不过气的鬼地方,便后悔莫及。而从学校回到住处,又要对付古董商的进攻。

四

学校有值班制度，教员们轮流担任。但狐狸和红衬衣除外。我问为何这两人可以免除应尽义务，答曰："因享受国家任免官吏待遇之故。"莫名其妙！薪水拿得多，时间花得少，而且不值班，居然有如此不平之事。自己随心所欲地捏造出几条什么规定，还摆出一副理当遵守的架势——亏他这般赖皮无耻。对此我自然满腹牢骚。然而按豪猪的说法，不管你一个人如何不满，也无济于事。照理，一个人也罢，两个人也罢，只要言之有理，便该得到采纳才对。豪猪又引用一句英语——"might is right"加以解释，我不得要领，问他，他说就是强者的权力之意。若是什么强者的权力，这我早就懂得，用不着现在由豪猪咬文嚼字。问题是强者的权力同值班问题毫不相关。狐狸和红衬衣算什么强者，谁承认他！不过议论归议论，这值班终于落到我头上。我属神经质，卧具之类，若不舒舒服服地躺在自家用的上面，便觉无法入睡。自小我几乎没在同伴家里过过夜。同伴家的尚且讨厌,何况在学校值班。尽管如此,眼下凭我这四十元钱的身价,定是逃不掉的,暂且忍耐一下吧。

师生走光之后,一个人形影相吊,未免过迁。那值班室在教室后面,宿舍西端,一个房间。我进去打量一下,正面夕阳晒得正急,热得令人窒息。到底是乡下,虽已入秋,仍热日方长。我从学生饭堂打了份晚饭,实在难以下咽。那帮家伙吃这等饭食,还如此调皮。我三口两口,四点半就吃完了晚饭,真够早的。饭后日还没落,不能睡觉,便想到温泉去一下。我不晓得值班外出是好是坏,但如此孤零零地像坐牢一样困守空房,委实百无聊赖。记得头一次来校时曾问及值班人,工友答说出去办事了,当时颇以为怪。而现在轮到自己,方恍然大悟:出去乃天经地义。于是向工友说出去一下,问说去办何事,我说不是办事,是去温泉洗澡,转身便走。遗憾的是红毛巾忘在宿舍里了，今天就向那里借一条吧。

到得温泉，我爬上跳下，慢慢擦洗一番。近黄昏时分，跳上火车，在古町站下来。到学校还有一里来路，这算不了什么。没走几步，狐狸迎面赶来，大概是想坐这班火车到温泉去。他快步急行，擦肩而过时，瞟了我一眼，我打了招呼。于是狐狸故作正经地问："今天不是你值班吗？"不是吗——明知故问！两小时之前不是你对我寒暄说，今晚初次值班，辛苦了云云。人一当上什么校长，说话便大概如此拐弯抹角。我来了气，随口答道："嗯，是我值班，放心，我这就去睡。"然后大模大样地迈步走开。到得竖街的十字路口，又撞见了豪猪。这小地方，出门非碰上谁不可。"喂，你不是值班吗？""嗯，不错。""值班还到处乱跑，这不合适吧？"我马上反击："有什么不合适的？！不出去跑才不合适呢！"豪猪换了一副不同往常的口气："这么吊儿郎当，真拿你没办法。碰见校长、教导主任就麻烦了。""校长刚刚碰见。他说这么热若不散散步，怕是吃不消——还表扬我散步来着。"我再懒得废话，几步奔回学校。

不久天黑下来，我把工友叫到值班室，闲聊了两个小时，这也厌了，不管有无睡意，躺下再说。我换上睡衣，撩起蚊帐，掀开红毛巾被，"通"——一屁股猛摔下去，仰面躺倒。这睡觉时"通通"摔屁股的习惯，是我自小养成的。在小川街寄宿时，楼下一个法校学生曾上来抱怨，说我这习惯不好。这学法律的小书生，别看长得瘦弱，嘴可厉害得很，竟然长篇大论地搬弄起来。我当即驳斥说："睡觉时'通通'作响并非我屁股的毛病，而是房子建筑质量差劲，提意见找房东提去。"但这值班室不在楼上，不管怎么用劲都不碍事。倘若躺倒时不用出吃奶的力气，便觉难以入睡。我猛地伸直两腿：乖乖，这才叫舒服！不料，不知何物扑到脚上，满身毛刺，不像跳蚤，狗东西！我慌忙起脚，在被里刨了几下。这下可好，那毛刺刺的东西陡然增多——小腿上五六只，大腿上三四只，屁股底下"噗"一声压瘪一只，有一只竟飞到肚脐上。我愈发惊慌，迅速爬起，"呼"一声把毛巾被往后一甩，立时从中飞出五六十只蝗虫。不明真相时心里发慌，而当看准是司空见惯的蝗虫，旋即心头火起：小小的蝗虫也胆敢兴妖作怪，看我如何收拾！我顺手抓起长条枕头，三下两下，狠命砸去，但对手体积过小，越是用劲，越不奏效。无奈，只好坐在褥子上，像扫除时卷起席子拍打下面的榻榻米似的，前后左右胡乱拍打起来。蝗虫大惊，乘势飞起，直朝我肩上、头上、鼻尖扑来，或紧抓不放，或横冲直闯。那扑在脸上的家伙，无法再用枕头，便一把抓住，尽力掷去。可气的是，不管如何用力，都落在蚊帐上。因此鬼东西只是扇动一下翅膀，依然故我，就势附住，丝毫无损。花了半个小时，总算打退了蝗虫，我找来扫帚，收拾蝗虫尸体。工友进来问我干什么，我怒不可遏："什么干什么！哪有你这种家伙，竟在床上饲养蝗虫，混账！"工友辩解说不知道。不知道就行了吗？我把扫帚甩到走廊，工友战战兢兢地扛起扫帚去了。

我马上到学生宿舍，叫他们来三个代表。结果，来了六个。别说六个，十个又有何妨。我仍然一身睡衣，挽起袖子，开始谈判：

"为什么把蝗虫放到我床上来？"

"蝗虫？蝗虫是什么呀？"最前边的一个答道，一副满不在乎的神气。这个学校，不光校长，学生说话也这么别扭。

"不知道蝗虫吗？不知道给你看看！"

不巧，都扫出去了，一只也没有。我叫来工友，叫他把刚扔掉的蝗虫尸体拿来。"都倒在垃圾堆里了，是不是要捡回来？""立即捡来！"工友急忙跑出，不一会儿，用半张纸端十来只进来："实在对不起，可惜天黑，只找到这么一点，等明天再多找来些。"工友也是蠢货。我拿起一只，递到学生面前："这，就是蝗虫，这么大个子，还不知道蝗虫，怪事！"最左边一个圆脸家伙得意洋洋地反唇相讥："那，是蚂蚱，要是。"我针锋相对："混蛋！蝗虫、蚂蚱是一回事。这先不说，为什么总在老师面前说什么要是？钥匙除了开锁，别的用不上！""要是和钥匙不是一回事，要是。"还是张口闭口"要是"，这些家伙！

"蚂蚱也罢，蝗虫也罢，为什么放到我床上来？我什么时候叫你们放来着？"

"大概谁也没放吧！"

"没放怎么会跑到我床上？"

"蚂蚱喜欢暖和的地方，怕是它自己光临的吧。"

"胡说，蝗虫怎么会自己光临？给蝗虫光临，谁受得了！快说，为什么干这种坏事？"

"快说什么，不是说没放么！"

胆小鬼！自己做的事，硬是不认账，有何办法！只要你不拿出证据来，就死皮赖脸，佯作不知。我在中学时也不是没淘过气，但一旦有人问到，从未干过这种临阵逃脱的卑鄙勾当。做了就是做了，没做就是没做，我再淘气也是一身清白。

要是想用说谎来开脱罪责，一开始就别淘什么气。淘气在前，必有惩罚在后，正因为惩罚在后，淘气才有意思。光想淘气而不想挨罚——世界上居然有这等卑劣之徒。那些只借钱而不想还的家伙，想必就是这类家伙毕业干的。他们到底上中学干什么来了？进得校门，说谎、欺骗、偷干坏事还洋洋得意，然后神气活现地拿过毕业文凭，便自以为受了教育。这些不堪造就的兵痞！

我再没心思同这些龌龊小人谈判下去："既然这么说，也罢，不问你们了。上一回中学连高尚和卑鄙都分辨不清，可怜！"说完，把六人驱逐出去。我的言语态度虽不怎么高尚，但心里自信比这些家伙不知高尚多少倍。六个人悠然自得，扬长而去。那样子，似乎比我这教师伟大得多。实际上，越是装得若无其事，越是令人作呕。我无论如何也没这副胆量。

我重新上床躺下。刚闹了一场，蚊帐里进了不少蚊子，嗡嗡直响，我懒得点蜡烛来一只只抓住烧掉，解开蚊帐绳，把蚊帐卷成一束，上下左右猛甩起来。不巧蚊帐钩飞起打在手指甲上，痛不可耐。再次躺下以后，心神稍宁，但睡意全消。一看表，已经十点半了。想起来，真不该来这种是非之地。当个中学教师，不管到哪儿都要对付这类货色，着实得不偿失。而奇怪的是，当教师的仍大有人在，想必都成了麻木不仁的木头人，我无论如何也受不了这口气。想到这里，觉得阿清婆实在可亲可敬。虽没受过教育，又没什么身份，但作为一个人，却高贵得多。以前受过她那么多恩惠，都不以为意，而在只身沦落异乡之后，才体会出她那片真情实意。如果她想吃越后粽子，纵使特意跑到越后去买，也完全值得。阿婆夸我不贪心，直性子，但她本人远比被她夸奖的我高尚得多，不觉很是想念。

我一边想阿清婆，一边辗转反侧。突然，"咚、咚、咚"，头顶响起了有节奏的猛踏地板的声响，怕有三四十人之多，弄得二楼像要塌落下来。继而，伴随着脚步声，又响起了高声起哄的声音。我吃了一惊，以为发生了什么事，一跃而起，同时猛然醒悟：哈哈，原来是学生为报刚才之仇而故意挑衅。在痛快承认所干坏事之前，你辈的罪是不会消失的。恐怕你辈也意识到自己的不对。照理，本应躺下后痛悔前非，第二天或早或晚前来道歉。即使不想道歉，也当老实睡觉才是，却又如此胡来，是何道理！建这宿舍又不是为了养猪，发疯也该适可而止。非给他厉害的不可！我仍然一身睡衣，冲出值班室，三步并作两步，顺楼梯奔上二楼。奇怪的是，刚才在头顶狂蹦乱跳的家伙倏忽了无踪影，四下寂然，别说喧嚣声，脚步声也半点没有。怪哉！油灯已经熄了，黑乎乎一片，搞不清哪里有什么东西，不过人的动静还是可以察觉出来的。长长的走廊由东而西，连一只老鼠也藏不住。走廊尽头，有月光泻入，远远看去，一片朗然。奇怪！我从小便总是多梦，时常在睡梦中突然起身，口出梦呓，遭人嘲笑。十六七岁时，一天晚上梦见拾了块钻石，蓦地站起，气势汹汹地对身旁的哥哥大吼大叫，问他刚才拾的钻石哪里去了。被家人当笑话讲了三四天，狼狈极了。说不定现在的情形也是梦境，不过肯定有人胡闹。正当我在走廊正中冥思苦想之时，只听月光辉映的尽头喊声大作，三四十人齐声高叫："一、二、三，哇——！"旋即，一如刚才，有节奏地踏得地板"咚咚"作响——果不是梦，而是现实。我也不甘示弱，吼道："安静点，半夜了！"拔腿沿走廊往前跑去。脚下的路很黑，只有尽头有片月光，便朝那里猛奔。不出三四米，小腿猛地撞在廊中一块又硬又大的物体上，一阵钻心疼痛，身体"扑通"扑倒。畜生！我支撑着爬起，但无法再跑了，心里急不可耐，腿偏偏不听使唤。我豁出去了，用一条腿蹦跳上前，但脚步声顿时消失，万籁俱寂。人再卑鄙，也不至于卑鄙到这个地步，猪狗不如！事已至此，不拉出一个潜伏的家伙让他当面认错，誓不罢休！我破釜沉舟，决心打开一间寝室，进去搜查，但壁垒森严。不知里面上锁，还是用桌子顶住，推也罢，撞也罢，纹丝不动。我转身去推对面北侧的门，情况依然一样。正在我为开门捉拿里面的家伙气急败坏之时，东端又风云突变，起哄声脚步声，声声齐鸣。这群败类，大概有约在先，东西呼应，寻我开心，但我束手无策。老实说，我这人勇气有余，智慧不足。事到临头，全然不知所措，但我绝不因此认输。若就此作罢，尚有何颜面立于讲台！倘被人将东京人讥为窝囊废、大草包，岂非终生憾事！又假如此辈认为我在值班时竟被这伙鼻涕鬼欺侮得无可奈何，而忍气吞声，悄然睡去，一世英名从此休矣。休看我沦落至此，尚是食禄百万石武士出身，先祖为清和源氏①，多田满仲②之后，天生就不同于汝等乡间愚民。唯一可惜的是缺智少谋，恼人的是临阵无方，但我焉能鸣金收兵？正因我为人老实，才不知所措。为人在世，若不以老实取胜，将何以取胜！今晚胜不了，明天胜，明天胜不了，后天胜，后天再胜不了，索性带饭在此安营

---

① 清和源氏：族出第五十六代清和天皇，赐姓源氏。
② 多田满仲：源满仲（913—997），摄津（今大阪府）人，镇守府（今青森县一带）将军。

扎寨，直到战胜为止。我决心已定，便往走廊中央盘腿一坐，默等天明。蚊子嗡嗡围来，我岿然不动。一摸刚才撞痛的腿，似乎黏糊糊一片，怕是流血了，流就流吧！片刻，首战疲劳上来，朦朦胧胧，不觉睡去。梦中听得有喧嚣之声，我睁开眼睛，大骂一声，起身坐起。只见右侧一门半开，两个学生站在眼前。我清醒过来，好家伙！一把抓住离得最近那个学生的脚腕，拼命一拉，那家伙"扑通"一声，仰面朝天。让你干坏事！剩下的一个正在发愣，我不失时机，猛蹿上去，按住他的肩膀，左右抡了几下，这家伙呆若木鸡，眨巴着眼睛。我又猛拉一把："过来，到我房间来！"对方怕了，二话没说，乖乖跟来。天已经亮了。

把他带进值班室后，我盘问起来。但猪这个东西，打也罢骂也罢，总归是猪。这家伙一口咬定不知，似想顽抗到底，绝不招供。不多时，又来一个，接着又一个，陆续从二楼往我房间聚来。一看，个个无精打采，眼皮浮肿。这些软骨头，一夜没睡就值得这样，亏他们还是个男子汉！我叫他们洗完脸再来，但谁也不动。

我以五十人为对手，舌来唇去，苦战一个多小时，正难分难解，狐狸一晃进来。事后得知，原来是工友特意前往报信，说学校发生了骚动。屁大个事儿，也值得找校长，没出息！恐怕他正因没出息，才来学校跑腿学舌。

校长大致听我把原委说了一遍，也听了几句学生的申辩，然后对学生发话："在决定处分之前，照常上学，现在快去吃早饭，别耽误上课。"全部赦免了这些住宿生。这算什么处置，不痛不痒！若是我，当即令其全体退学。正因校方办事如此软弱无力，学生才不把值班教师放在眼里。校长继而转向我："你担惊受怕，大概累了，今天就不用上课了。"我当即回答："不，我一点儿也没担惊受怕。只要我有命在，哪怕天天夜里有这种事，也不在乎。课还是要上，一夜没睡就连课都不能上了，还不如把到手的工资退回学校。"校长若有所思地久久盯着我的脸，提醒道："不过脸肿得很厉害。"经他一说，果然觉得脸有些麻木，而且到处发痒，一定给蚊子饱餐了一顿。我一边"嚓嚓"抓脸，一边回答："脸再肿，嘴巴还照样能动，不影响上课。"校长笑着夸奖说："真好精神！"其实怕不是夸我，而是取笑我。

五

"你，不去钓鱼吗？"红衬衣这家伙，说话总是使用一种令人作呕的柔弱腔调，简直分不清是男是女。是男的，就该发出男子汉的声音，何况又是个大学毕业生！就连物理学校的学生，开口都至少有我这一副嗓门，而文学士竟这样，有失体统！

"这个嘛……"我未置可否，不大感兴趣。这家伙马上变得神气起来："你钓过鱼吗？"我告诉他，自己不常钓鱼，不过小时候曾在小梅钓鱼池钓过三四条鲫鱼；还在神乐坂毗沙门庙会那天，钓起一条八寸多长的鲤鱼，正庆幸时，"啪嗒"一声，鱼又掉回水里，至今想起还感到遗憾。红衬衣听罢，扬起下巴，"呵呵"发笑。装腔作势，有什么好笑的！他显得颇为神气，说："这么说，你还不晓得钓鱼的乐趣，愿意的话，我来教你。"哪个要你教！大凡钓鱼打猎的，全是些冷酷无情之人，否则根本不会以杀生害命为乐。鱼也好鸟也好，肯定都乐意活着而不愿被害死。倘若不钓鱼打猎便无以为生，自当别论，而这些人本来活得舒舒服服，却挖空心思残害生灵，实是一种野蛮的享受——我虽然在肚子里想得头头是道，但对方到底是文学士，能言善辩，争论起来我远非对手，便没有吭声。不想，对方误以为我已被征服，频频劝道："现在就教吧，怎样？有空今天一块去好吗？和吉川君两个人，太寂寞了，你也来好了！"吉川君就是前边提过的二流子。这二流子不知打何主意，一早一晚总到红衬衣家去，而且处处尾随其后。看上去根本不是同事，而像是主子和奴才。红衬衣去的地方，必有二流子相伴左右，这早已不足为奇。而现在本来也两人同行即可，为什么偏要拉上我这个不知趣的人呢？大概是想在我面前炫耀一下他那引以为自豪的钓鱼手段吧，我可不会那么轻易上钩。钓得一条金枪鱼，算得了什么！我也是个男子汉，虽说不高明，但只要垂线下钩，也定有所获。此时若说不去，这狂妄的红衬衣一定以小人之心度君子之腹，以为我不是不愿意去，而是怕出洋相。想着，我便答道："好，去吧！"随后，处理完学校的事情，回住处准备一下，到车站会齐红衬衣和二流子，往海边走去。小船细细长长，那形状在东京一带尚未见过，船上一名船夫。上船后我便留心察看，左看右看仍见不到一根钓竿。我问二流子："没钓竿怎么钓鱼呀？"二流子摸摸下巴，一副行家神气："海湾钓鱼不用钓竿，只用钓线就行了。"早知遭此抢白，不问就好了。

船夫慢慢悠悠划动小船，但他技术熟练，不大工夫船便滑出很远。回头望去，海滨已依稀莫辨了。高柏寺的五重塔从林子中耸出，前方青屿浮现，听说是个荒无人烟的岛屿。临近一看，上面非松即石，难怪无人居住。红衬衣观赏不止，口称"好景致"，二流子说是"绝景"。我看不出是不是什么绝景，不过确有一种心旷神怡之感。在这一望无边的海面上，被海风一吹，实在浑身舒坦，只是肚子饿得发慌。红衬衣对二流子说道："你看那棵松，树干笔直，上面像伞一样展开，很像透纳[①]画上的。"二流子马上显得心悦诚服："和透纳画得一模一样。瞧那树冠弯曲的形状，再没那么像的了，简直就

[①] 透纳：透纳（1775—1851），英国浪漫主义风景画家、水彩画家。

是透纳笔下的。"我不晓得透纳是何许人也,但不知道也无妨,便默默不语。我们从右往左绕岛一周。海面水波不兴,真难以相信大海会是这般模样。借红衬衣的光,竟得此享受。可以的话,我想上岛看看,便问:"船不能靠到岩石那里吗?"红衬衣不屑一顾:"靠是能靠,不过钓鱼离岸太近不好。"我不再作声。二流子又节外生枝:"怎么样,主任,今后把这岛叫作'透纳岛'好吗?"红衬衣表示赞成:"倒也有趣,往后我们就这么叫好了!"我可不愿意算在这"我们"里面,我看叫"青屿"就十全十美了。二流子又开口了:"要是在那块石头上面,放上拉斐尔①的玛利亚,画下来准是一幅杰作。"红衬衣"呵呵"笑道:"算了,别再说玛利亚了!"那笑声很叫人反感。二流子溜了我一眼:"怕什么,这儿又没什么人。"然后特意背过脸,哧哧窃笑。我不愉快起来,什么玛利亚、牛利亚,与我毫不相干,只管随便说好了,可看他那样子,好像是因我听不懂才不怕我听见似的,小人勾当!亏他本人还有脸自称为"东京人"!我猜想,那玛利亚准是一个和红衬衣相好的艺伎的诨名。要是想让自己相好的艺伎站在小岛松树下欣赏,

---

① 拉斐尔:拉斐尔(1483—1520),意大利文艺复兴时期画家,以善画圣母玛利亚像知名。

你就欣赏去好了,最好由二流子画张油画送到展览会去。

"这里差不多了吧?"船夫说罢,抛锚停船。红衬衣问水有多深,船夫说有十多米,红衬衣又说十多米恐怕很难钓到鲷鱼,随手把钓线扔到水里。那神气,像是不钓上大鲷鱼绝不罢休,野心家!二流子忙奉承说:"哪里,凭主任那高手,还能钓不上来!况且风平浪静。"说着,也拉出自己的钓线,投入水中。那钓线好像只拴一个铅坠,没有浮子。不用浮子钓鱼,好比不用温度计而要测量温度,我无论如何也无此本事,便袖手旁观。正看着,二流子问道:"你也钓吧,没有钓线吗?""钓线有的是,只是没浮子。""没浮子就不能钓?外行!这样:钓线沉到水底时,手指贴住船舷,注意钓线的动静;咬钩时,手指会有感觉。"这当儿,"来了!"红衬衣急急拉线,以为钓上什么来了,结果一无所获,鱼饵倒一干二净。活该!"主任,真可惜,刚才一定是个大家伙,公然从主任手下溜走了,今天可马虎不得。不过,怎么说呢,溜了也比眼盯着浮子钓鱼那帮人强得多,正像没有车闸便骑不了自行车一样,没有什么不光彩的。"——瞧这二流子莫名其妙地胡说些什么,真想上去给他两个嘴巴。我心中暗想:我也是人,这海又不是你主任一个人包下的,地方大着呢!看我面子,至少也该有条松鱼咬钩吧！"砰"，我把钓线连同铅坠扔了下去，随便用指尖捏住。

不大工夫，钓线微微抖动，有东西碰上了！我想一定是鱼，若非活物，钓线断不会如此抖动。好家伙，来了！我三把两把，往上拉线。"哦，钓着了，后生可畏！"二流子嘲笑之时，钓线只剩五尺在水里了。从船舷俯身下视，见一条浑身长满金鱼般花纹的鱼咬着钓线，左右游来荡去，随着手势浮上。有趣！出水时，"扑棱"一声，溅得我满脸是水。好不容易抓在手中，想摘钩下来，但总不如意。抓鱼的手滑溜溜的，大煞风景。我一时兴起，抡起钓线，往船心摔去，鱼登时毙命。红衬衣和二流子愣愣看着。我"哗哗啦啦"在水中洗洗手，凑到鼻前闻了闻，仍然腥味扑鼻。罢了罢了！钓得抓不得，而且鱼怕也不喜欢被抓。我迅速收起钓线，丢在一旁。

"勇夺头功实可喜，可惜是条遍罗鱼。"二流子又自以为得意地胡诌起来。红衬衣马上卖弄风雅："遍罗鱼？这名称很像俄国文学家高尔基[①]。"二流子随声附和："是啊，简直一模一样。"高尔基是俄国文学家，丸木[②]是芝区的照相师，庄稼是

---
① 遍罗鱼……高尔基：日语中，遍罗鱼同高尔基的发音相近。
② 丸木：丸木利阳，日本第一个开照相馆之人。

生命之本,这点常识哪个不晓得!说起来,这是红衬衣的坏毛病,一见眼前有个人,便罗列出一大堆佶屈聱牙的外国人名。各人有各人的专业,像我这样的数学教师,哪里管得了是高尔基还是人力车夫,本该适可而止才是!要说的话,就说我也知道的好了,如《富兰克林自传》啦、《勇往直前》①啦等——红衬衣时不时把一本叫作《帝国文学》的红皮杂志带到学校,像是读得津津有味。问豪猪,说是红衬衣的外国人名都是从那杂志上弄来的。这杂志也真够造孽。

之后,红衬衣和二流子全神贯注地钓起来。一个小时,两人钓上十五六条。好笑的是,钓来钓去全都是遍罗鱼。还想钓什么鲷鱼,影儿都没见到。红衬衣对二流子说:"今天是俄国文学的大丰收。"二流子回答:"凭您这手法钓的还是遍罗鱼,我这两下子就更不用提了,只能这样了。"我问船夫,他说这种小鱼刺多肉少,味儿又不好,根本不能吃,只能作肥料。如此说来,红衬衣和二流子是在全神贯注地大钓肥料,可怜之至!我钓一条就厌了,一直仰卧船心,遥望天空,远比钓鱼风流惬意得多!

这工夫,两人小声说起了什么。我听不清,也不想听。

---

① 《勇往直前》:*Pushing to the Front*,当时被日本中学普遍选为教材。

我边仰望天空边思念阿清婆。要是手头有钱,领阿婆到这漂亮地方游玩一番,该有多好!无论景致多妙,和二流子在一起,就兴味索然了。阿婆虽是满脸皱纹的老太婆,但不管领去哪里,都心里坦然。而像二流子这号人,即使坐马车,乘轮船,甚至上凌云阁,也只能不伦不类。假如我当教导主任,红衬衣是我,那么毫无疑问,二流子便会厚颜无耻地对我阿谀奉承,而对红衬衣百般奚落。人们都说东京人轻薄,也不无道理:这种人在乡下东游西逛,而又反复自称东京人,乡下人自然认为轻薄儿即东京人,东京人即轻薄儿。正想着,两人好像咻咻偷笑起来,边笑边说,断断续续,不得要领。"嗯?怎么回事……""……一点不错……因他不知道……真是罪过!""可是真的……""把蝗虫……没错!"

其他话我都当耳旁风,但听二流子说出蝗虫二字,不由心里一震。不知为什么,二流子只是在说到蝗虫时才特别加重语气,使之清楚地传入我的耳朵,而后便有意含糊其词。我一动没动,继续侧耳倾听:

"又是那个崛田……""或许是那样……""炸虾面……哈哈哈。""……煽动……""丸子也……"

尽管对话时断时续,但从其中出现的什么蝗虫、什么炸虾面、什么丸子来判断，肯定是在偷偷议论我。想说就大一点声说，想偷偷说就别把我拉来，两个讨厌的东西！蝗虫也罢，黑虫也罢，都不是我的过错。校长说由他处理，我才看在狐狸的面上，暂且没有吭声。自己是个二流子，还多嘴多舌地议论别人，口衔画笔躲到一边去算了！我的事，迟早由我自己收拾，没什么大不了，问题是"那个堀田"啦"煽动"啦等字眼叫人捉摸不透。不知是说堀田煽动我大闹校园，还是说堀田煽动学生捉弄我。再看天空，阳光渐次减弱，稍带凉意的海风拂面吹过，香烟般的薄云在透明的天幕中徐徐伸展，俄而融入其间，仿佛给天空罩上一层薄薄的雾纱。

"该回去了吧？"红衬衣猛然醒悟似的说道。二流子随声附和："嗯，正是时候。今晚去会玛利亚吗？""乱说什么？惹事！"红衬衣说着从船边欠了欠身子。"嘿嘿嘿，没关系，听见也……"二流子回头看时，我正两眼圆瞪，视线径直射在他头上。二流子像晃眼睛似的翻了翻眼珠："厉害，厉害！"说着缩回脖子，搔了搔头。搬弄是非的家伙！

船在静静的海面上往岸边滑去。红衬衣问我："你好像不大喜欢钓鱼？""嗯，还不如躺着望天。"我答道，把刚吸几口的卷烟扔下船去，"吱"——落在橹叶划起的海浪上，随波漂离。"你这次来，学生们非常高兴，好好干！"红衬衣转而提起与钓鱼风马牛不相及的话来。"不怎么高兴吧？""哪儿的话，我不是当面说好话，确确实实非常高兴。是吧，吉川君？""岂止高兴，简直闹翻天了。"二流子哈哈笑道。怪事，从这家伙嘴里吐出来的，没有一句不刺耳。红衬衣接着说："不过，你不注意可危险哟！"我答说："反正都是危险，危险就危险吧！"其实我早想好了：或者我辞职，或者叫全体住宿生赔礼道歉，如此而已。"这么说，倒也罢了——作为教导主任，实际上我是为你着想才这么说的，你可不要误解。""主任完全是出于对你的好意。我嘛，好歹是东京老乡，自然希望你尽可能长久留在学校，也好互相照顾。就是眼下，也在暗暗为你使劲哩！"二流子也说起人话来。要是由你这等人照顾，还不如上吊死了好！

"刚才说了，学生们很欢迎你来任教，可这里边事情多着呢。当然你也有不顺心的时候，这点就忍耐一下，我绝不会给你亏吃的。"

"事情多，什么事情？"

"这可有点复杂，慢慢总会明白的，我不说你也会自然明白的。是吧，吉川君？"

"嗯，复杂得很。一天两天无论如何是弄不明白的。可慢慢总会明白的，我不说你也会自然明白的。"二流子鹦鹉学舌。

"既然这么复杂，本来不问也未尝不可。不过是你们提起来的，所以我才要问。"

"说的也是。只开头，不收尾，是不负责任的。这样吧，有一点我先给你说一下：恕我冒昧，你刚刚从学校毕业，当老师是头一遭。可学校这地方名堂多得很，为人处世，像书生那样直来直去是行不通的。"

"直来直去行不通，怎样才行得通？"

"就是说，你那样直率，是因为缺乏经验……"

"是缺乏经验，履历表上写得清清楚楚，才二十三岁四个月。"

"所以有时会意外地遭人暗算。"

"我走的是正路，暗算有什么好怕的！"

"当然不怕。不怕是不怕，暗算是暗算。你的前任，眼见就是给人搞掉的。所以我跟你说，不注意不行。"

二流子半天没吭声，回头一看，不知何时在船尾同船夫说起话来了。他不在，谈话顺利多了。

"我的前任，遭谁暗算了？"

"指名道姓，关系到一个人的声誉，话不好说，而且又没有确凿的证据，说出来不好交代。不管怎样，你好容易来了，要是在这儿有个一差二错，我们也为难：是我们把你叫来的嘛。你只管注意好了。"

"注意注意，可是没法注意。不干坏事，总可以了吧？"

红衬衣"呵呵"笑出声来。我没什么特别值得笑的。迄今为止，我一直坚信自己的做法并无错处。想起来，社会上大部分人似乎提倡干坏事，像是认为人们若不变坏，便无以在世上建功立业。偶尔看见一个纯良之士，便七嘴八舌，嗤之以鼻，称其为"哥儿""小鬼"，不一而足。既然如此，小学中学里，伦理课教师就别教学生"勿说谎、要诚实"，而索性传授说谎法、疑人术、骗人策，岂非既利于社会，又益于本人！红衬衣"呵呵"发笑，无非是笑我单纯。单纯和坦率被拿来取笑——生逢此世，有何办法！阿清婆在这种时候一次也未曾笑过，而是听得大为佩服。阿婆比红衬衣高尚得多。

"当然不干坏事是对的。不过，即使自己不干坏事，也要知道别人干的坏事，若不然还是要遭殃。这世上，有的人虽然看上去光明磊落、慷慨大方，甚至热心给找住处，但也不可麻痹大意……天已经很冷了，秋天啦！陆地那边的雾气，一片暗褐色，好景致！喂，吉川君，怎么样，那岸边的景色……"红衬衣高声叫起二流子来。二流子大肆讨好："果然是奇景。有时间真想来个写生，这么放过去太可惜了！"

"港屋"二楼亮着一盏灯。正当火车汽笛长鸣时，我们乘的小船"呼通"一声，船头插进沙岸，不再动了。"回来得好快啊！"老板娘站在岸边跟红衬衣打招呼，我叫了声"呀"，从船舷跳上岸来。

六

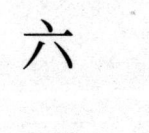

二流子甚是可恨，若把这种家伙拴上腌菜石沉到海里去，实为日本清除一害。红衬衣的声音俗不可耐，大概那嗓音多半是天生的，而他又故意阴阳怪气，才娇柔得如此不堪入耳。不管他如何装模作样，那副嘴脸不行，即使有人钟情，至多也不过是什么玛利亚而已。但毕竟是教导主任，说话比二流子深奥难懂。回到住处想来，觉得这家伙说的不无道理。虽然吞吞吐吐，难以判断，但听口气似乎是说豪猪不是个好东西，要当心。若是这样，何不直截明说，不像个男子大丈夫！再说，假如豪猪为人师表却这般品质恶劣，何不早早将他免职！身为教导主任，又是文学士，却如此优柔寡断，甚至在背后议论时都不敢提名道姓，无疑是胆小鬼！胆小鬼一般都较和气，因此红衬衣想必也和气得像个女人。和气是和气，声音归声音，不能因声音不顺耳，便把其和气也看得一钱不值。世界也真怪：不顺心的人倒和气，合得来的人却是坏蛋，存心捣鬼。或许因是乡下,凡事都与东京背道而驰,是非之地!说不定火焰即刻结冰,石头变成豆腐。不过那豪猪怕不会煽动学生开这种玩笑吧!当然,他是最得人心的教师,要干的话不费吹灰之力。可是,首先,他何必费此周折呢?抓住我面对面吵架岂不远为省事!倘若我妨碍了他,他何不当面说明白,叫我一走了之!办事靠商量,好言好语没有办不成的事。假如对方言之有理,明天即可辞职,又不光是这里出大米。即使沦落天涯海角,也不至于饿死路旁。这豪猪真是个不会办事的家伙!

到这里时,是豪猪第一个请我喝冰水。由这种阴一套阳一套的家伙请喝冰水,实在有损体面。我只喝了一杯,他不过花了一分五厘钱。但一分也罢五厘也罢,只要受了阴谋家的恩惠,便死也心不坦然。明天到校,还他一分半钱。我从阿清婆手里借得三元钱,直至五年后的今天也没还。不是不能还，而是不还。阿婆绝不会眼睛盯着我的口袋，算计我何时归还。我也绝不打算做那种见外的事情，把钱还给阿婆。如果我担心不还钱阿婆会做何感想，那无疑是怀疑阿婆的一番好心，往阿婆美好的心灵上抹黑。不还不是辜负阿婆，而是由于把阿婆当作家人看待。阿婆与豪猪固然不同，但不论是一杯冰水还是一杯粗茶，之所以受人恩惠而佯作不知，是因为看重对方的人格，是表示对一个人的好感。把这种本来几文钱即可了结之事，存在心里暗暗感激，这是给予对方一种任凭多少钱也买不到的报答。尽管我无官无职，也是一个有独立人格的人。一个有独立人格的人对你低头敬礼，应当认为是一种比几百万两金银都更为可贵的酬谢。

　　我自以为叫豪猪破费一分五厘钱，是给予他的比百万两金银还贵重的谢礼。豪猪本应感到巴不得已，而他却在背后装神弄鬼，可恶至极！明天去把一分五厘钱还上，便什么也不欠他的了，然后吵上一架！

　　想到这里，睡意上来，酣然入梦。翌日，因有事要办，比往常提早到校，等待豪猪。但左等右盼，硬是不来。青南瓜来了，汉学老师来了，二流子来了，最后红衬衣也来了。而豪猪的桌子上只躺着一支白粉笔，悄然无声。我本打算一进休息室马上还钱，因此离开住处时便像去温泉时那样手心摸着一分五厘钱，一直攥到学校。我是汗手，张开手看时，一分五厘钱浑身是汗。若还带汗的钱，豪猪怕要吹毛求疵，便放在桌上，"噗噗"吹干，重新摸起。这当儿，红衬衣走来："对不起，昨天打扰了。""打扰倒不打扰，只是肚子饿坏了。"紧接着，红衬衣把臂肘挂在豪猪桌子上，一张扁平大脸凑到我鼻子旁边，我以为他干什么，只听他开口道："昨天回来时在船上跟你说的话，可要保密。还没有跟谁说吧？"依然女人似的小声细气，更加显出是个秉性多疑的家伙。我确实尚未说过，但即将要说，手中早已准备好了一分五厘钱。到这个地步又被红衬衣把嘴封上，有些进退两难。红衬衣到底是红衬衣，虽没指名道姓说是豪猪，但打的谜语已足以叫人一目了然，而事到如今却又怕我一语道破。还算是个教导主任，不负责任之至。按理，本应在我同豪猪激烈交锋之时，理直气壮地为我擂鼓助威，那才称得上是一校教导主任，也算没白穿一场红衬衣。

我对他说："还没告诉任何人，不过马上就要同豪猪摊牌。"红衬衣大为狼狈："你不能乱来，我可没在你面前说过堀田君半句坏话。你要是就此胡闹，我非常为难。你来学校总不会是为了惹是生非吧?"我见他竟提出如此缺乏常识的问题来,便说:"那当然。我拿着工资还要惹事,校方怕也难办。""那么,昨天的话仅供你参考,别往外说!"我见红衬衣汗流满面,求救于我,便保证说:"好吧,我虽也有些为难,但既然将给你带来这么大麻烦,那就算了。""真的?"红衬衣叮问道。真不晓得他这女人气还有完没有,文学士若都是这种货色,实在叫人扫兴。自己提出一些莫名其妙、颠三倒四的要求,非但不以为耻,还怀疑别人。我好歹是个男子汉,一旦答应了,哪里会转眼不认账!

两边桌子的主人也到了以后,红衬衣才快步返回自己座位。红衬衣走路时也故意拿个架势,每次在室内走动,都悄悄落脚,避免发出声响。这时我才知道,原来无声走路法是他本人的一种自豪。又不是练习当小偷,该怎么走就怎么走得了!一会儿,上课铃响了,豪猪还是没来。我只好将一分五厘钱放在桌上,去教室上课。

由于讲得多,第一节课下得稍晚一点。走进休息室,其他教师都靠在桌旁说话,豪猪不知何时也来了。以为他缺勤,却是迟到。一见我面,开口说:"今天是由于你迟到的,赔我钱!"我抓起桌上的一分五厘钱,放在豪猪面前:"给你,拿着！前些天在街上喝你冰水的钱。""什么呀，"豪猪刚咧嘴要笑，见我格外正经，便说，"别开这无聊的玩笑。"一把将钱扫回我桌面上来。瞧，这豪猪竟想一直请我吃下去。

"不是玩笑，是真的。我无缘无故喝你的冰水，当然要还钱，岂有不收之理！"

"既然你对一分半钱如此认真，拿着也罢。可你为什么心血来潮，现在才还？"

"现在也好，将来也好，还你就是。我不愿白喝你的，所以还你。"

豪猪冷冷地看着我的脸，"哼"了一声。要是没有红衬衣的请求，我一定要在这里揭露豪猪的卑劣行径，同他大闹一场。但既然答应红衬衣不声张出去，只好克制自己。人家这里怒不可遏，他却以"哼"作答，岂有此理！

"冰水钱我收了，你也从严银家搬出来！"

"你收下一分五厘钱，事就完了，我搬不搬出来，是我的自由。"

"这可不是你的自由。昨天房东来，求我让你搬出去。一问情由，觉得他说得有理。但为慎重起见，今早我跑了一趟，听了详细情况。"

我一时摸不着头脑：

"房东跟你说什么，跟我有什么关系！可也不能由你一个人说了算，有原因应先说清原因，开口就说房东有理，是何道理?！"

"哼，那就说：你在那里胡来，人家受不了。虽说对方是房东的老婆，可和女佣不同。你怎么能伸出脚来叫人家擦？太霸道了！"

"我什么时候叫房东老婆擦脚来着？"

"擦没擦我不知道，反正人家讨厌你。房东说，你那十几元房租，只消卖一幅画就出来了。"

"花言巧语的家伙！那，为什么收我？"

"为什么收，我不知道。收是收了，现在人家不愿意，不是说叫你出去了吗？你，出去！"

"当然出去！作揖求我住我也不住。说到底，你首先就够可恶的：为什么把我介绍到这么个说三道四的地方去？"

"是我可恶，还是你不老实，反正有一个。"

豪猪那火暴脾气和我不相上下，死不认输地大吼大叫。休息室里的人以为发生了什么事，一个个往我和豪猪这边望着，伸长下巴，呆然不动。我自信没做任何丢人事，站起来昂然四顾：人人目瞪口呆，唯独二流子嬉皮笑脸，幸灾乐祸。我两眼圆瞪，以挑战之势朝他那干葫芦般的瘦长脸上猛扫过去。二流子立时一本正经，气焰收尽，似乎有点惶惶然。这工夫，铃声响了，我和豪猪中止吵架，去教室上课。

下午开会，讨论对那天夜里捉弄我的住宿生的处分问题。我生来第一次参加会议，全然不知开会为何物。想必教员们聚集一堂各抒己见，最后由校长总结几句。所谓总结，无非是对模棱两可之事予以判断。而这件事无论谁看都只能认为是无理取闹，却要就此开会，实属浪费时间。任凭谁如何摇唇鼓舌，断无提出异议之理。本来，这等黑白分明之事，校长当场即可处置，优柔寡断！校长若是这般模样，有何了不起，不过是犹豫不决的蠢货的代名词而已！

会议室在校长室旁边，一间长筒屋子，平时作食堂用。一张长方形桌子，四周围有二十几把黑色皮椅，颇像神田的小西餐馆。长桌一头坐着校长，旁边是红衬衣。其余人听说随便就席，只有体育教师总是谦居末座。我不管三七二十一，挤坐在博物教师和汉学教师之间。往对面一看，豪猪和二流子并肩挨坐。二流子那张脸，怎么看都贼眉鼠眼。吵过架也还是觉得豪猪那面孔顺眼得多，很像父亲葬礼上小日向养源寺厅里一幅挂轴上的人物像。当时问方丈,说是一位叫韦驮的凶神。豪猪今天怒气未消,不时眼珠乱转,往我身上盯视。我也毫不示弱,针锋相对地鼓起双目,逼视豪猪。我的眼睛虽然形状欠佳,但在大这一点上一般人都不是对手。阿清婆常说我眼睛大,正是当官的材料。

校长开口了:"差不多到齐了吧?"一个叫川村的秘书随即"一、二、三"数起人头来。还差一人,秘书沉吟一下。是差一人,青南瓜君没到。不知前世什么因缘,自从见了青南瓜以后,我便无法忘掉。走进休息室,青南瓜君首先映入眼帘;走路时,青南瓜也闪现在脑海里;去温泉洗澡,又觉得青南瓜君那张苍白浮肿的脸庞在池中往来漂浮。每次同他打招呼,他都诚惶诚恐地频频点头,令人恻然。学校里,再没有比青南瓜君更老实的人了,既不轻易笑,又不乱插嘴。我从书上学得"君子"一词,但我一直以为"君子"仅仅存在于辞典之中,而不会实有其人;见了青南瓜君后,才猛然领悟:这词到底是确有所指的。

正因有如此缘分,所以刚进会议室,我就意识到青南瓜君不在。说实话,我心里一直暗暗盼望他能在下一位置就座。校长说:"大概很快就会来的。"然后打开眼前的绸布包,拿起像是油印的什么东西看起来。红衬衣开始用绢手帕擦琥珀烟斗，这是他的一种乐趣，大概是与其身份相符合的吧。其他人大多三三两两地交头接耳。手闲得难受的人用铅笔带橡皮的一头在桌子上写个不止。二流子不时向豪猪搭话，豪猪只哼哈作答，时而愤愤地瞪我一眼，我自然以眼还眼。

正等得焦急，青南瓜君满脸窘色走了进来，对狐狸恭敬地说道："有点事儿，来晚了。""那么，开始开会。"狐狸先让秘书川村君把油印件发下去。一看，上面写有三条：首先是处分问题，其次是学生管理问题，再次是其他。狐狸仍像平日那样故弄玄虚，在所谓教育精神的幌子下，说了这样一番话："全校师生身上发生的过失，无不是我本人寡德所致。每当出现什么问题，我都在内心不胜惭愧，觉得有失校长之职。不幸这次又引起这样一场骚动，我必须向诸位深深谢罪。然而事情既已发生，便无可挽回，而只能考虑如何处置。事情的经过诸位都已明了，现在请大家就善后措施开诚布公地发表意见，以便我做参考。"

听罢校长的发言，我不由肃然起敬：难怪是一校之长兼狐狸，果然出语不凡。既然校长已全盘引罪自责，自称寡德，那么便无须再处分学生，而由校长本人主动辞职，岂不更好。倘若这样，大可不必兴师动众，开此会议。但问题首先是——即使从常识看来也一清二楚：我老老实实值班，学生聚众闹事。有错的既非校长，又不是我，而只能是学生。若是豪猪煽动所致，则惩治学生和豪猪即万事皆休。世界上居然有这种家伙：把别人的屁股背在自己身上，逢人便说是自己的屁股、自己的屁股，这把戏只有狐狸才耍得出来。他发完这番逆情悖理的议论之后，踌躇满志，环视众人，但没一个人开口。博物教师眼望落在第一教室房脊上的乌鸦，汉学教师将油印件时而折起时而展开，豪猪仍然横眉冷对。早知会议这玩意如此滑稽，还不如不来，睡个午觉。

我按捺不住，刚欠起身来，想要慷慨陈词，听得红衬衣口有所语，便又作罢。只见红衬衣收起烟斗，一边用手帕擦脸，一边念念有词。那手帕定是从玛利亚那里搜刮来的，男人应当用白麻布。他说道："住宿生捣乱一事，我也有所耳闻。作为教导主任，我深为自己的教导不周以及平日德化未能施及少年而感到愧疚。大凡这类事，当由某种失误引起。就事件本身而言，似乎只是学生行为不轨，但究其真相，恐怕责任反而在校方。因此，我觉得只按表面现象从重惩处学生，反对将来不利。而且，这些少年血气方刚，充满活力，或许由于缺乏是非辨别能力，才有意无意地造成这场恶作剧。当然，如何处分是校长的事，我无权从旁插嘴，只是想请校长斟酌这方面的情况，尽可能宽大处理。"

既然狐狸到底是狐狸，红衬衣自然还是红衬衣。他公然声称：学生捣乱，不是学生不好，而是老师糟糕。这无非是说，疯子打正常人的脑袋，是由于正常人不好，所以疯子才打。亏他想得出！倘若活力多得过剩，到操场上摔跤去好了，为何头脑发昏地往我床上塞蝗虫！按红衬衣的逻辑，纵然我在睡梦中被掐得半死，恐怕也要赦免学生。

想到这里，我打算开口说点什么，但须说得滔滔不绝才好，来个不鸣则已，一鸣惊人。我有个坏毛病，一生起气来，说不到三言两语便再也想不起词来。就人格来说，不论狐狸还是红衬衣都远在我之下，但论摇唇鼓舌，我却望尘莫及。倘若开口有个一差二错，落下话柄，实在自讨无趣。因此打算等想好再说，打起腹稿来。这当儿，我对面的二流子霍地站起，我吃了一惊，一个二流子，还想发表见解，不知天高地厚！只听二流子用他那口东京腔说道："坦率说来，本次蝗虫事件及起哄事件，实为罕见之事，足以使我等有良知的教员对吾校前途产生疑虑。值此时刻，我等教员必须深省吾身，整肃全校风纪。因而，适才校长及教导主任所论，实属中肯之言，一针见血。我彻头彻尾表示赞成，务请尽量予以宽大处理。"二流子说的，只有语言，没有内容，只罗列一堆汉语词汇，而不知其所云。听懂的只有一句话：彻头彻尾表示赞成。

我虽对二流子所言不甚明了，但心里异常气愤，没等腹稿打完，便骤然站起："我彻头彻尾反对……"刚开头，喉咙突然卡住。"……这种岂有此理的处分，我最最讨厌……"加完这句，教员们哄堂大笑。"一句话，学生们坏透了。无论如何得叫他们赔礼道歉，要不就成了习惯。即使勒令退学也不过分……这些缺德家伙，以为是新来的老师，就……"说着坐了下去。这时，右边的博物教师不争气地说："是学生不对，不对是不对，但若惩罚过重，引起反抗，恐怕反而不妙。我还是赞成教导主任说的，从宽处理。"左边的汉学教师同样赞成稳妥论，历史老师也同教导主任唱同一论调。可恨至极，几乎全是红衬衣党。这些乌合之众在一起办学，不办坏才怪。我早已想好：要不叫学生道歉，要不我辞职，非此即彼。如果红衬衣得胜，即刻回去打点行装。反正我用嘴说服不了这帮家伙，即使说服了以后还要在一起共事，已经够了！不在学校也照样找饭吃，管它呢！若再开口，又要惹笑，才不说呢，只管正襟危坐。

这时候，一直静听的豪猪愤然立起。哦，这家伙也来同红衬衣一唱一和不成，反正刚吵过架，随你的便！豪猪放开嗓子，震得玻璃窗直颤抖："我完全不同意教导主任及其他各位老师的意见。因为，无论从任何角度来看待此次事件，都只能认为这是五十名住宿生对新来某教师的一种侮辱和嘲弄。教导主任似乎在教师人品如何上面做文章，恕我冒昧，我认为这恐是失言。某教师的值班是在他刚来不久安排的，当时他与学生接触还不到二十天。在这短短的二十天时间里，学生并不具有就这位教师的学问、人品进行评价的余地。假如他是由于有应该受辱的正当缘由而受此侮辱，那么恐怕还有理由对学生的行为酌情宽恕。然而，如果毫无根据地对愚弄新来教师的轻薄学生宽大处理，我认为将有损学校的威信。教育的宗旨不仅仅在于传授学问，还要在灌输高尚、正直、勇武精神的同时，一扫鄙俗、轻薄、傲慢之风。倘若惧怕学生反抗、扩大事态而一味姑息养奸，则此歪风不知何日方能得以匡正。我们教师之所以在此奉职，正是为了杜绝此种歪风恶习。倘若对此视而不见，则最好索性不当教师。基于上述理由，我认为只有严惩全体住宿生，并令其在该教师面前公开谢罪，才是最为合适的处置办法。"说着，重重坐下。全场鸦雀无声，红衬衣又开始擦拭烟斗。我不由得欣喜非常。豪猪简直把我想的代说一空。我本来就是直性子，此刻把上午的争吵忘得一干二净，满怀感激之情，向已就座的豪猪望去，豪猪全无反应。

顷刻，豪猪再次起身："刚才不慎，忘说一句，补充一下。当晚值班教师似乎在值班时间里到温泉去了，我认为这是万不应该的。不管怎样，自己一人负责全校值班工作，却庆幸无人责备而公然到什么温泉洗澡，实属荒唐之举。学生的事自当别论，这一点希望校长尤其当事者予以注意。"

怪人！刚说完好话，马上就揭人家的伤疤。我本来没当回事，得知以前的值班教师曾外出散步，便以为是惯例，自觉不自觉地跑到温泉去了。听豪猪这么一说，才意识到这是自己的不对，即使遭到攻击也无可奈何。于是我又站起："我的的确确在值班时到温泉去了，这是完全错误的，向大家道歉。"刚一落座，又是哄堂大笑。不管说什么，只要一开口，他们肯定哄笑。这些无聊的家伙，你们有胆量如此公开承认自己的过错么！恐怕正因无此胆量，才笑话别人。

之后，校长说："大家好像没什么意见了，待我充分考虑好后,再决定如何处分。"顺便说一下其结果:住宿生禁止外出一周,并到我面前道歉。本来,若不道歉,我当时就辞职回京了,正由于勉强按我说的做了,终于酿成大祸,此是后话。会上,校长声称还有一项内容,具体说道:"学生的风纪,必须通过教师的感化加以纠正。其中一条,希望老师们尽量不要到饮食店去,当然欢送会除外。而作为个人,就不要去那些不怎么讲究的场所,如荞面馆、丸子店……"说到这里,又是一场哄笑。二流子对豪猪使个眼色,说了声"炸虾面",豪猪不屑一顾,活该!

我头脑迟钝,没甚听懂狐狸所云。但如果说去荞面馆、丸子店便不配当中学教师,我这馋嘴着实忍受不了。既然如此,倒也罢了,可为什么雇佣当初不声明只要不喜吃荞面条和丸子之人?一声不响地下了委任状,然后才端出一大堆混账的清规戒律,又是不准吃荞面条,又是禁止吃丸子,对我这除此之外没甚乐趣的人,实为沉重打击。正想着,红衬衣开口了:"本来,中学教师属于上流社会人士,不应该单纯追求物质享受,一旦沉溺于此,势必对品性产生不良影响。不过,人毕竟是人,假如没有任何娱乐,无论如何也难以在这偏僻的乡间生活下去。因此,不妨钓钓鱼,看看小说,或作作新体诗、俳句等。总而言之，应当追求高尚的精神享受……"

若不作声，这家伙愈发夸夸其谈，得意忘形。到海滨钓肥料，高尔基是俄国文学家，相好的艺伎站在树下，"青蛙入水古池响"①——如果这些算作精神享受，吃炸虾面、吞丸子又何尝不是！与其在此大谈特谈这种低级享受，还不如去洗你那红衬衣去！我越听越气，脱口而出："去会玛利亚难道也是精神享受吗？"这一来，这次谁也没笑，个个神情异样，面面相觑。红衬衣本人难堪地低下头去。怎么样，打中了吧！可怜的是青南瓜君，我话一出口，那张青脸愈发青了。

---

① "青蛙入水古池响"：日本著名诗人松尾芭蕉（1644—1694）的名句。此处含贬义。

七

当晚我便退掉了寄宿间。进屋收拾东西时,房东老婆居然说:"有什么不称心的吗?要是有惹你生气的地方,只管说,这就改。"真是怪了!世上怎么全都是这些莫名其妙的家伙。不知是叫人留下,还是叫人出去;丈二和尚摸不着头脑,简直是神经病!和这等人吵架,有损东京人的名声。我领来车夫,当即搬走。

搬是搬出去了,但没地方可去。车夫问去哪里,我叫他只管跟来,很快就会明白的。车夫大步跟在后面。我不由厌烦起来,打算回"山城屋"旅店去,但那也不是久留之地,无非多一场麻烦。说不定这么行走之间,会撞见挂有出租字样招牌的房子。果真如此,可谓天赐良宅。我们在适合居住的幽静处七拐八拐,无意中来到了铁匠铺街。这里是士族聚居地段,不可能有出租房屋的人家。刚想掉头往热闹一些的地方去,突然绝处逢生:我所敬重的青南瓜君住在这条街上。

青南瓜君是本地人，世居于此，一定熟悉这方面的事情。问问他，或许会告诉我一个不错的去处。幸好我来寒暄过一次，不必乱撞。到得一处，估计是了，上去叫了两声，一位五十多岁的老婆婆端灯从里面走出。我固然也不讨厌年轻女子，但更喜欢老婆婆。每次相遇，都有一股说不出来的亲切感。大概因为我喜欢阿清婆，便把这种感情转移到所有老婆婆身上的缘故。我料想是青南瓜君的母亲，剪短的垂发，举止不俗，和青南瓜君很是相像。老婆婆请我进去，我说只找青南瓜君有点事。青南瓜君给叫到门口后，我一五一十说了一遍，问他有没有什么目标。青南瓜君安慰我一句，沉吟了一会儿，说这后街有一家姓荻野的住户，只老夫妇两人度日，觉得里屋常年闲着可惜，曾托他给招一个可靠的人来住。但不知现在是否继续出租。他热情地带我一同去问。

当晚我就成了荻野家的房客。吃惊的是，我后脚从严银家走出,次日二流子便前腿迈入,大模大样占领了我的故居,直叫我目瞪口呆。世上全是骗子,大概专靠互相欺骗为生,成何世道!

既然世道如此,为了活下去,我也必须奋起直追,与世人并驾齐驱。量小非君子,无毒不丈夫——此术谋生固然不甚光彩,但若不如此,我这堂堂五尺之躯便将被迫自缢身死,既对不起祖宗,又有损名声。想起来,与其进物理学校学什么毫无用场的数学,还不如将六百元钱作本钱开个牛奶铺。那样,阿婆便不会同我天各一方,我自然也不必在远处为阿婆担心。在一起时不以为意,来到这乡间之后,才觉得阿清婆实在可亲可爱。这般与人为善的女子,走遍全日本也碰不到几人。我动身时阿婆有点感冒,不知现在如何。接到我前些日子的信,想必很高兴。不过,也该来信了——两三天时间里,我一直这样思来想去。

因总放心不下,我经常问房东婆婆东京来信没有。每次她都同情地答说什么也没有。这对老夫妇同严银不同,到底是士族出身,两人都举止文雅。虽说每到晚间阿公便怪声怪气地哼唱谣曲,有些吃不消,但从不像严银那样擅自进屋喝茶,谢天谢地。房东婆婆有时来说东道西,问我为什么没带夫人一起来，说我看上去像已有妻室了。我告诉她，自己才二十四岁，她又说二十四也该结婚了，接着便说起来：某处某人二十岁就讨老婆了，某处某人二十二就有两个孩子了，足足有半打例子。我不便反驳，便模仿乡间土音，说自己到底二十四了，求她帮忙介绍一个，她问我是不是真话。

"真的假的先不说，我就是想讨也讨不起。"

"是么？年轻时谁都这样。"

我一时无言可对，她又接着说：

"不过我看先生肯定有夫人了，我早看在眼里了。"

"噢，好眼力。是怎么看的？"

"怎么看？你不是一口一个东京有信、东京有信吗？天天等呀盼呀。"

"厉害厉害，真是火眼金睛！"

"猜中了吧？"

"嗯，就算猜中了吧。"

"不过，如今的姑娘不比以前，由不得粗心大意，你要留心些才是。"

"怎么，你是说我老婆在东京和别人乱来？"

"不，你夫人没事，不过……"

"这我就放心了。那,还有什么要留心的么?"

"你的没事——你的没事——"

"哪里有什么有事的不成?"

"这地方多着呢。先生,你认识远山家的小姐吧?"

"不,不认识。"

"还不认识?那是这一带的第一美人。由于太美了,学校的老师都管她叫玛利亚、玛利亚。没听说过?"

"哦,原来是玛利亚。我还以为是个艺伎的名字呢。"

"不,看你想的。那玛利亚是个洋词儿,好像是说人长得漂亮。"

"大概是,原来是这样。"

"这名字大概是图画老师给取的。"

"是二流子干的吧?"

"不,是那位吉川先生取的。"

"那玛利亚有什么事吗?"

"那个玛利亚,可不是个守规矩的玛利亚。"

"难哪!从古以来有外号的女人就不是好东西,她当然也难保。"

"一点不假,什么鬼神阿松,什么妲己阿百①,真有过那种坏女人哩!"

"玛利亚也是一路货色吧?"

"这玛利亚,本来有约在先,要嫁给古贺先生——就是介绍你到这儿来的古贺先生。"

"哦?这倒是件怪事。没想到那青南瓜君竟有这口艳福。人不可貌相,马虎不得。"

"可是,去年他父亲死了以后——这以前又有钱,在银行又有股票,万事如意——不知怎么,日子过得一下子不行了。我是说,古贺先生人太老实了,给人家骗了。这个原因,那个理由,迟迟不嫁过去。就在这节骨眼上,那个教导主任上门了,说不管怎样非娶她不可。"

"红衬衣吗?这个坏蛋,我早就看出那红衬衣不是一般的红衬衣。后来呢?"

"托媒人一说,远山家也感到对不住古贺君,没能马上回话,好像是说等想一想。不料红衬衣君不知耍什么手腕,出入起远山家门来。一来二去,小姐就给他搞到手了。红衬衣君不好,小姐也不怎么样,大伙儿都在指他俩的脊梁骨。本

---

① 鬼神阿松、妲己阿百:日本戏剧中的女贼名。

来早已答应嫁给古贺君,可眼下一遇上学士,就马上变心了。这真对不起老天爷。"

"对不起的多了。岂止老天爷,还有土地爷、灶王爷。谁也对不起,永远对不起!"

"这么着,古贺君的好友堀田君气不过,到教导主任那儿说理,结果红衬衣君说:'我无意抢人家有婚约的。要是解除婚约,我也许娶她。但目前只不过同远山家交往罢了。同远山家交往,这大概不会有什么对不起古贺君的吧!'听说堀田君也没话可说,回来了。打那往后,传说红衬衣君和堀田君的关系一直不好。"

"你知道的事真够多的,怎么知道得这么详细呢?真不简单。"

"小地方,什么都瞒不住人。"

太瞒不住可不妙。看这样子,我的炸虾面和丸子等事件大概她也了如指掌,是非之地!不过,好在因此既弄清了玛利亚的含义,也明白了豪猪同红衬衣的关系,这对以后大有好处。只是伤脑筋的是,不清楚错在哪方。像我这样头脑简单的人,要不请她判明谁是谁非,就无法决定为谁助威。

"红衬衣和豪猪,哪个是好人呢?"

"豪猪是谁？"

"豪猪就是堀田。"

"爽快倒像是堀田君爽快些，不过红衬衣君是学士，人有本事。另外，待人和气上也数红衬衣君，可学生又都夸堀田君。"

"到底哪个好呢？"

"还是挣钱多的有能耐吧！"

如此回答，问也没用，只好作罢。又过了两三天，我刚从学校回来，房东婆婆笑眯眯拿来一封信："把你等苦了。总算来了，慢慢看吧！"说完转身退出。我拿过一看，见是阿清婆来的。上面粘有两三张飞签，仔细察看，原来从"山城屋"转到严银，再从严银转来荻野这里。而且在"山城屋"压了一个多星期。不愧是旅店，连信件都不放过。撕开信封，里面是一封极长的信。开头写道："接到小少爷的信，本想马上回信，不巧害了感冒，躺了一个礼拜，就拖延下来，请别见怪。再说，我现在比不得年轻时候了，读读写写不那么顺手。就是这么难看的字，还费了九牛二虎的力气。本打算叫外甥代笔，但想到你是特意写给我的，要不自己动手，觉得对不起小少爷。因此我先打一遍草稿，又重新抄过。抄写花了两天时间，打草稿用了四天。也许很难看懂，但这是我千辛万苦写出来的，请你一定得全部看完。"这开头写得很长，啰啰唆唆，什么都写上了。果真难读，不但字字歪歪扭扭，而且大都是"平假名"①，没头没尾，断句就花了不少工夫。我是急性子，这么又长又乱的信，平时即便给五元钱让我读，我也不会干的，但此时却认真起来，一口气全部读完。虽然读完了，但由于只注意辨认，而没把握住意思，便又从头读起。房间里有些黑了，比刚才更难看清，索性移到走廊前端，坐下细看。这时，一阵初秋的风卷起芭蕉叶，迎面吹来，往回刮时把刚开始读的长长的信纸吹得"哗啦啦"直响，稍一松手，就会给吹到院子对面的树墙上去。我不理会，只管看下去："小少爷是直筒子脾气，肝火太盛，我担心的就是这个。——给别人乱取外号，这会得罪人的，可随便叫不得，取了只告诉我一个人就行了。——听说乡下人很坏，小心不要上当。——就是气候也准保不如东京温和，睡觉不要着凉。小少爷的信太短了，不知到底怎样，下次至少要写一封比这个长一半的来。——给旅店五元钱小费倒没什么，可是以后你自己怎么办呢？到了乡下，只有钱靠得住，要尽量节省一点，好在

---

① "平假名"：日语字母（假名）的一种。另一种叫片假名。

万一有事时用。——没有零花钱，想必不好受，给你寄去十元。——以前从小少爷手里拿的五十元钱，我打算等你回东京找房子时添补上去，存在邮局里了。去掉这十元，还有四十元，不要紧。"——果然女人心细。

正当我在廊里"哗哗啦啦"翻看阿清婆的信，想得入神时，隔扇开了，荻野婆婆送晚饭进来："还看呢，信可真够长的了。""这不是一般的信。风总是吹，吹了看，看了吹。"我不知所云地答着，端起饭碗。一看，今晚又是煮地瓜。这户人家，确比严银和蔼可亲，且有教养，遗憾的是伙食太差。昨天是地瓜，前天是地瓜，今天又是地瓜。我确实声称过最爱吃地瓜，但若如此永无休止吃下去，怕是活不长了。还笑话青南瓜君呢，自己再过几天就又是一个青南瓜先生。若是阿清婆，这种时候肯定做我喜欢吃的生拌金枪鱼片或烤鱼糕，而碰上这家吝啬的破落士族，一切都无从谈起了。无论如何，非和阿清婆在一起不可。假如要长期在这所学校干下去，得把阿婆从东京叫来。不许吃炸虾面，不许吃丸子，只许在寄宿间没完没了地吃地瓜，弄得脸皮发黄——当教师真够熬的，那禅宗和尚恐怕也比这有口福。我三口两口吞光一碗地瓜，从桌子抽屉里拿出两个生鸡蛋，在碗边磕开，好歹对付一顿。

要是不用生鸡蛋补充一点营养,一周二十五节课如何吃得消!

今天由于看阿清婆的来信,耽误了去温泉的时间。但每天都去,只今天告缺,总觉心里有事。我决定乘火车去,提起那条红毛巾,赶到车站。两三分钟前刚开出一班车,下班车要等一段时间。我坐在凳子上,摸出敷岛牌香烟,没抽上两口,意外见青南瓜君来了。我听了房东婆婆的话以后,更加可怜起青南瓜君来。平时他就像屈身天地间的食客似的,畏畏缩缩,足以令人动恻隐之心,可现在则远不止是可怜的问题了。如果我能办到,真想给他加上一倍工资,明天就叫他和远山家的小姐成婚,去东京游玩一个月。因此,见到青南瓜君,我马上招呼一声,跳起让座。但青南瓜君一副不胜惶恐的样子,不知是客气还是为什么,仍然站着不动,推辞再三。我又劝道:"车得等一会儿,站着累,坐下吧!"说实话,他实在叫我可怜得非请他坐下不可。"那么,就打扰您了!"——这才好不容易从劝落座。这世上,既有二流子那样狂妄无知、多嘴多舌、专讨人厌的东西,又有豪猪那样摆出一副全日本舍我其谁的架势的家伙;既有红衬衣那样大抹发蜡、以寻花问柳为能事的败类,又有不可一世、俨然以教育化身自居的狐狸。个个八仙过海,各显神通。而独有青南瓜君有而若无、老实得活像做人质的木偶。尽管脸有点浮肿，但人品无可挑剔。玛利亚竟然放着这样的男子不嫁，而倾心于红衬衣，足见是个不知好歹的癫狂女人。岂不知，纵使一百个红衬衣加在一起，也抵不住一个青南瓜君这样的好丈夫。

"你哪里不舒服吗？看起来身体好像不大好……"

"不，没什么老病……"

"那就好。身体坏了，人也就完了。"

"你好像很结实。"

"嗯，瘦点儿，但没病，因为我最讨厌病这东西。"

听了我的话，青南瓜君微微一笑。

这时候，门口传来了女子活泼开朗的笑声。无意中回头一看，好家伙，一个肤色白皙、发式别致、身材苗条的美貌女子和一位四十五六岁的太太并肩站在售票口。我不会形容女人，难以表达，但那确实是个不折不扣的美人。看着，就像把一颗在香水中浸过的水晶珠放在手心里端详一样。年长的那位个子矮些，但脸很相似，大概是母女俩。噢，到底来了！一瞬间，我完全忘记了青南瓜君，眼睛只顾在年轻女子身上打转。不料，青南瓜君突然从我身旁站起，慢慢往女子那边走去。我不由有些愕然，想必是玛利亚。三个人在售票口前小声寒暄。离得远，听不清说什么。

看站内的钟，离开车还有五分钟。我巴望车快点来，交谈的人没有了，不免等得焦急。这时，又一个人慌慌张张跑进站内，一看，是红衬衣。穿着一件好像极薄的衣服，胡乱扎着一条绉绸带子，依旧挂着那条金怀表带。那金表带是冒牌货。红衬衣以为无人识破，四处炫耀，可我心里一清二楚。红衬衣跑进来后，匆忙东张西望，朝正在收票口前说话的三个人殷勤地打招呼，说了两三句。然后突然转向我，仍像猫似的蹑手蹑脚走过来："呀，你也去吗？我怕赶不上这趟车，赶紧跑来，原来还有三四分钟。那个钟不准，"他掏出自己的金壳表。"还差两分钟时间。"边说边挨我坐下。他一次也没回头往女子那边看，把下巴搭在手杖上，目不斜视。年长妇女有时望一眼红衬衣，而年轻女子一直侧脸站着。情况愈发明白：定是玛利亚无疑。

一会儿，一声汽笛长鸣，车进站了。等车的人争先恐后，蜂拥而上。红衬衣一马当先，蹿进了上等车。坐上等车有什么了不起！到住田，上等五分，下等三分，上下仅差两分钱。就我这样子，手里还持着一张白色车票[①]呢！当然，乡下人都

[①] 白色车票：当时的日本，火车票分红白两色，上等为白色，下等为红色。

很小气，把两分钱看得很重，差不多都坐下等。红衬衣上车后，玛利亚和她母亲也跟着挤了上去。青南瓜君是个只坐下等车的人，就像给活版印在里面似的。此时他站在下等车门口，似乎有点犹豫，但一瞥见我，马上毅然决然地纵身上去。我不由不胜同情，立即随着青南瓜君跳上同一车厢，上等票坐下等车总没问题吧。

到得温泉，换上浴衣从三楼下来时，又碰见了青南瓜君。我这人虽在开会等关键时刻说不上几句就卡壳，但平时却颇为伶牙俐齿，因此在浴池里向青南瓜君说了许多。他实在太可怜了，我想这种时候至少要安慰他几句，也算尽一点东京人的义务。可是不巧，青南瓜君没有兴致，不正经理我。不管我说什么，只是"嗯、嗯"作答，而且那"嗯"字也似乎说得很勉强，最后我也只好算了，不再开口。

在温泉浴池中没见到红衬衣。当然，浴池有好些个，同一车到也未必在同一池里洗，这没什么奇怪的。走出浴池，月色皎洁，路两旁排着垂柳，把弧形的枝影印在路中。我想稍事散步，往北走出街去。左边有一很大的门，门内尽头是一座佛寺，左右两侧为妓院。山门之内竟有妓院，真是亘古未有的奇事。我本想进去观望一下，又怕开会时遭到狐狸抢白，只好过而不入。山门旁边有一座挂着黑布门帘的格窗小平房，是我吃丸子受挫之处。窗外悬挂一只圆形灯笼，上面写着小豆汤、煮年糕等字样，灯光照在房檐附近的一棵柳树上。我强忍食欲，走了过去。

想吃的丸子吃不上，已够窝囊，但自己的未婚妻另有所爱，恐怕就更惨了。一想起青南瓜君，别说丸子，就是三天不吃饭，也无可埋怨。世上再没有比人这东西更靠不住的了。看那张脸，无论如何也难以想象会做出如此不近人情的事——面孔漂亮的冷酷无情，浮肿得像冬瓜似的古贺君倒是仁义君子，千万马虎不得。以为襟怀坦白的豪猪据说煽动学生闹事，煽动完后却又逼迫校长给学生处分；讨厌物合成品般的红衬衣分外亲热，无缘无故地好意提醒自己，然而背后对玛利亚花言巧语，花言巧语之间却又声称对方若不解除婚约则其无意迎娶；严银无中生有地把自己驱逐出境，转眼又把二流子奉为上宾——左思右想，一切都不可信赖。若写信把这等事告诉阿清婆，她恐怕大吃一惊，或许会说：这地方比箱根还远，理当鬼怪成群。

我是天生的乐天派，对任何事都不耿耿于怀，优游至今。

但来这里还不到一个月时间，顿觉世事纷纭。虽说并没遭遇什么大事，却恍惚觉得老了五六岁。看来，早早班师回京才是上策。反复思虑之间，不觉过了石桥，登上野芹河堤。提起河，听来好像不小，其实不过是一条一米来宽的浅浅的小溪，沿堤流两三里，就进入相生村，村里有观音庙。

回头向温泉所在的小镇望去，红色的灯光辉映在一片月华之中。那鼓声，肯定是从妓院里传出的。河水虽浅，流得倒快，神经质似的闪闪烁烁。信步堤上，不出半里，前面有人影晃动。借着月光，见是两人。大概是洗罢温泉回村的青年男女，却没唱歌，悄无声息。

继续前行，也许我走得快了，两个人影逐渐变大，一个像是女的。相近二十米时，男的听见我的脚步声，蓦地转过头来。月光从我身后泻下。望见那男子的模样，我不由一惊。俄而，两个男女又照样走动起来。我心生一念，猛然全速追击。对方毫未介意，一如刚才那样悠然漫步。谈话声都已听得真真切切了。河堤只有六尺宽，勉强能并排走开三人。我轻而易举地从后面赶上，当和男子擦肩而过刚超出两步时，我急速转身，盯住男子的脸。月光从正面洒在我脸上，从分发头直照到下巴颏儿。男子轻轻"啊"了一声,旋即把脸歪向一边,对女子催道:"该回去了。"转身往温泉方向走去。

这红衬衣不知是想蒙混过关,还是心虚不敢打招呼。原来因地方狭小而倒霉的,并不只我一个人。

八

自从和红衬衣钓鱼回来后，便怀疑起豪猪来。当他以莫须有的罪名令我退出房间时，更觉得他可恶至极。然而开会时却意外慷慨陈词，要求惩办学生，弄得我如堕五里雾中。从荻野婆婆口里听说豪猪曾为青南瓜君同红衬衣谈判，又不禁拍手称快。如此看来，坏人恐不是豪猪，而是红衬衣。是他把自己杯弓蛇影的结果煞有介事而又闪烁其词地塞进我的脑袋。正当我如此思索之时，在野芹河堤上目睹了红衬衣领着玛利亚散步的情景，而后便断定红衬衣行为不轨。虽然不清楚具体何处不轨，反正觉得他不是个好东西，阳奉阴违，口是心非。人如果不像竹子般耿直，是不可信赖的。耿直的人，即使和他吵架也心里痛快。而像红衬衣这种伪装和善、卖弄亲切、自命清高、炫耀琥珀烟斗的家伙，倒不可掉以轻心，甚至吵架都无从吵起。纵然吵起来，也不可能像在回向院①摔跤

---

① 回向院：位于东京本所区（今墨田区）的净土宗寺院，明治维新后设摔跤总场。

那样痛快淋漓。如此想来，曾因一分五厘钱而惊动四座的吵架对手豪猪，便远在红衬衣之上。会场上用两只牛眼瞪我时，委实可恨。但事情过后，觉得还是比红衬衣那矫揉造作的猫叫声要好。实际上，会后几次想和豪猪言归于好，打了一两声招呼，这家伙一声不吭，依旧横眉冷对，我也愤愤作罢。

此后便和豪猪无话。还到桌子上的一分五厘钱仍在上面放着，满身是灰。我自然不伸手，豪猪也绝不带回。这一分五厘钱成了横在两人之间的一堵墙，我想说也开不了口，豪猪绝对沉默。是这一分五厘钱在我和豪猪间作怪，以致后来一到校就怕见到这一分半钱。

同豪猪和我处于绝交状态相反，红衬衣依然跟我保持着以往的关系，继续交往。野芹河相遇的第二天，刚进休息室，红衬衣第一个来到我身旁，又是问我现在的住处如何，又是约我再一同去钓俄国文学，说个没完没了。我有些不快，说：

"昨晚我们碰见两次吧？""对对，在车站——你总是在那个时候出去吗？不晚吗？"我揭他老底："在野芹河堤还见到来着。""哪里，我没往那边去，洗完澡马上就回来了。"何必这么支吾搪塞，眼见是你，真会扯谎！这种人若能当得了中学教导主任，我足可以当大学校长。这以后，我愈发不相信红衬衣了。和不相信的红衬衣开口说话，而同内心钦佩的豪猪却相对无语，社会真是个怪东西。

一天，红衬衣说要跟我说点事，叫我到他家去。我便忍痛割爱，少去一次温泉，四点多钟走出门。红衬衣也是单身一人，但到底是教导主任，早已不住寄宿间，而租了一处漂亮的宅院。房租听说是九元五角。到乡下出九元五角就可住上这样的房子，我也当凑一笔钱，把阿婆从东京叫来，让她高兴一下。我招呼一声，红衬衣的弟弟走了出来。他是我的学生，在学校跟我学代数和算术，成绩差得要死，但由于是外来户，比土生土长的乡下人还坏。

见到红衬衣，问说何事，这家伙一边用那只琥珀烟斗吞云吐雾，弄出一股焦臭味，一边说道：

"你来了以后，学生成绩比你的前任有很大提高，校长也十分高兴，庆幸得了一个人才。希望你不要辜负校方的信任，继续努力。"

"哦,是么?不过再努力也只能是目前这个样子。"

"目前这样子就足够了。只是不要忘记前些天给你说的那件事,这就行了。"

"就是要当心帮我找住处的那个人吗?"

"话说得这么露骨,就没意思了。也罢也罢,反正你我是心有灵犀一点通。话说回来,你现在这样勤勤恳恳,校方都看在眼里,再等些天,只要有机会,待遇上也想多少提高一点。"

"工资吗?工资多少都行。不过能多的话,自然还是多一点好。"

"幸好这次有个人要调走,或许可以从他的工资里通融一点给你。当然,这要跟校长商量后才能决定。所以我想跟校长好好说一下。"

"谢谢,谁要调走呢?"

"已经公开了,告诉你也无妨:古贺君。"

"古贺君不是本地人吗?"

"是本地人,不过这里边有点原因,而且一半是他本人的愿望。"

"去哪里？"

"日向延冈①。毕竟那里环境不好，工资给涨一级。"

"谁替他？"

"人基本定了。由于换人，你的待遇就有可能提高一些。"

"那倒好，不过不必勉强。"

"反正打算跟校长讲一讲。如果校长也有这个意思，以后可就要请你再多辛苦一些。希望你有这个思想准备。"

"增加课时吗？"

"不，课时也许还会减少。"

"减少课时还会更辛苦吗？怪了！"

"听起来是有点怪——现在不大好说——总之就是说，可能请你负更大的责任。"

我愈发莫名其妙。比现在更大的责任，怕是指当数学组长。而组长是豪猪，那家伙根本无意辞职，况且最受学生欢迎，让他调离或去职对校方实非上策。红衬衣的话总是这么使人不得要领。虽说不得要领，但事情算是谈完了。此后又聊了一会儿，什么为青南瓜君开欢送会啦，什么我喝不喝酒啦，什么青南瓜君是正人君子、值得敬爱啦——红衬衣东拉

---

① 日向延冈：今宫崎县延冈市。

西扯，夸夸其谈。最后话题一转，问我作不作俳句。无聊！我答说不作，道声再见，匆忙回来。俳句是芭蕉那样有闲阶层干的玩意儿，什么"吊桶爬满牵牛花"①——数学老师受得了么！

回来后我沉思起来：世上居然有这种不知好歹的人，家乡这里有房子住，所在学校也没什么不好，偏偏要背井离乡，到人地生疏的别处去找苦吃。倘若所去之处是电车川流的繁华都会，倒也值得，可日向延冈算什么去处！我来到这坐船还算方便的地方，不出一个月都想家思归了。而延冈还要翻山越岭，越岭翻山，远在深山老林之中。据红衬衣说，去那里要先乘船，然后坐一天马车到宫崎，再从宫崎乘一天汽车才能到。光听这名字，就知不是个开化的地方，说不定猿猴和人类参半而居。青南瓜君再是圣人，也未必喜欢与猿猴为伍。真是好奇！

正想着，房东婆婆按时送饭来了。我问今天可还是地瓜，答说是豆腐。反正都差不多。

"阿婆，听说古贺君要去日向。"

"太叫人可怜了。"

---

① 吊桶爬满牵牛花：日本江户中期女诗人千代女（1703—1775）的名句。

"可怜？愿意去，有什么办法。"

"愿意去，哪个？"

"哪个？他本人么！古贺先生不是好奇才要去的吗？"

"这，你就大错特错，我的傻瓜。"

"傻瓜？红衬衣刚这么说来着。我要是傻瓜，他就是撒谎大王。"

"教导主任那么说，当然不错，可古贺君不乐意去，也有他的道理。"

"这么说，两方都对？阿婆倒够公平的。可到底是怎么回事？"

"今早古贺君的母亲来，从头到尾说了一遍。"

"说什么来着？"

"那人家，自从古贺君的父亲去世以后，日子过得不像我们想的那样宽裕，缺东少西。他母亲跟校长说，古贺已经干了四年，请求给涨一点工资……"

"说的是。"

"校长说想一想。他母亲也就放心了，这月等，下月盼，天天伸长脖子等听涨工资的消息。正等得焦急，校长叫古贺君去一下。到那一看，告诉说学校没钱，涨不了工资。但延冈那边有个空缺,去的话,每月能多拿五元钱,可以满足涨工资的愿望,手续已经办好了,叫古贺君准备动身……"

"这是命令,哪里是商量!"

"可不是。古贺君请求说,去那里涨一点工资,还不如就这样不动,这里又有房子,又有母亲。但校长说已经定下来了,代课教师也找好了,没有办法。"

"哼,欺负人,岂有此理!那,古贺君不想去吧?我本来就觉得奇怪:哪里会有自愿去山里跟猿猴做伴的蠢人!"

"蠢人,老师会是蠢人?"

"是什么还不行。全是红衬衣做的手脚,卑鄙!简直是陷害!从这里给我涨什么工资,见鬼!给我涨,谁要你给我涨!"

"先生要涨工资?"

"说要给涨,我打算拒绝。"

"涨工资怎么还不要?"

"反正我不要。阿婆,那红衬衣是个坏蛋,小人!"

"管他小人大人,给你加钱,你还是老实拿着好。年轻时动不动就发脾气,老了想起来,往往埋怨自己没有再忍耐一点,后悔吃了着急上火的亏。你听阿婆的话,要是红衬衣要给你涨工资，就好好拿着。"

"到岁数的人，少管闲事。涨也好，降也好，是我的工资！"

房东婆婆灰溜溜走了。老头子悠然自得地哼唱起来。谣曲这东西，读也可以明白，他却随心所欲地加上一些离奇的拍节，大概存心不让人听懂。真搞不清这老头子为什么每天晚上都不厌其烦地唱这东西。不过我顾不得这个了。我并没有什么涨工资的念头，只因对方主动提起，况且我若不要，放在那里也可惜，这才答应下来。不料他却是把不愿调走的死活调走，由我去揩油，我岂能干这种不仁不义之事？本人已经要求仍旧留在这里，还是要把他流放到延冈，居心何在！纵使太宰权师①，也不过才到博多附近，河合又五郎②也只是在相良③落脚。反正，不到红衬衣那里当面拒绝，这口气出不了。

我穿上小仓布裤裙，再次走出。来到大门前招呼一声，仍是他弟弟闪身出来。见到我，那眼神像是问我怎么又来了。只要有事，休说两次，三次也照样登门，半夜睡着了也要从床

---

① 太宰权师：代行太宰府（今福冈县）长官太宰师权力的官员，此处指谪任此职的菅原道真（845—903）。
② 河合又五郎：松平备前侯（冈山地区领主）的藩士，戏剧中称其畏罪逃至相良，被杀。
③ 相良：熊本县人吉市的旧称。

上拖起来。红衬衣弟弟怕是认错人了,以为我来教导主任家拍马屁,我这是来还工资的!红衬衣弟弟说现在有客,我说在门口见一面就行了,对方转身进去。往脚下一看,有一双带有草鞋垫的薄薄的歪头木屐,里面传来"这下可好了"的话声。我知道来客是二流子,除了他,没有人如此阴阳怪气,没有人穿这种艺人才穿的木屐。

片刻,红衬衣端灯来到门口,叫我进去,说来人不是别人,是二流子。我说在这儿就可以了,只有一两句话。我往红衬衣脸上一看,那张脸红得像金时天王①,看来是和二流子干杯了。

"刚才你说要给我涨工资,我考虑了一下,不要了。"

红衬衣端着烟斗,从门内望着我的脸,一时无以作答,神色茫然。不知他是为这世上竟突然冒出我这一个拒绝加薪的家伙感到迷惑不解,还是为我刚归即来这种即使拒绝也未免过急的做法而目瞪口呆,抑或二者兼而有之。只是奇怪地咧着嘴角,木然站着。

"当时我所以答应,是因为你说古贺君自己愿意调走……"

"不错,古贺君调走多半是他主动要求的。"

---
① 金时天王:日本传说中源赖光麾下四天王之一,赤面。

"不对,他愿意在这里,即使工资不动也愿意在老家这里。"

"你是从古贺君那里听来的?"

"不,不是从本人嘴里听到的。"

"那么是听谁说的呢?"

"是今天房东婆婆告诉我的,她是听古贺君的母亲说的。"

"就是说,是房东婆婆这样讲的?"

"嗯——是的。"

"那么恕我直言:这就有点是你的不是了。听起来,你好像相信房东婆婆说的,而不相信教导主任说的——你看可以这样理解吗?"

我有点窘了。文学士这东西,到底小觑不得,出其不意地咬住一口,便紧追不舍。父亲总是说我愣头愣脑,成不了事,如今看来,果然有些举止轻率。听房东婆婆一说,马上火起,拔腿跑来。而实际上本应找青南瓜君或他母亲问一下详细情况。因此,被文学士之流这么当头一棒,确实有点招架不住。

尽管正面招架不住,但心里早已失去了对红衬衣的信任。房东婆婆虽是个贪得无厌的吝啬鬼,却不会扯谎,不像红衬衣

那样表里不一。无奈,我这样答道:

"你说的也许不错,不过——反正我不愿意涨工资了。"

"这就更奇怪了。你特意跑来,为的是不忍心增加工资,其理由也好像清楚了。然而在这理由因我的解释而不复存在之后,还是不愿意涨工资,这可有点不好理解吧?"

"也许不好理解。反正我不愿意。"

"既然如此,我也不勉强。不过,不到两三个小时就无故变卦,这有损你将来的信用。"

"有损也无所谓。"

"不应该这么说,对一个人,再没有比信用更重要的。退一步说,即使房东……"

"不是房东,是房东婆婆。"

"哪个都一样。即使房东婆婆跟你说的是事实,但你涨工资不是剥削古贺君得来的吧?古贺君到延冈去,来一名代课教师。代课教师是以低于古贺君的工资聘请来的,而把剩余部分加在你身上。这样,你就没有必要感到有负任何人。古贺君去延冈属于高升,新来教师安于讲定的低工资,如果你升一级,那么我想这真是三全其美。你愿意也罢,不愿意也罢,反正再回去想一想好吗?"

我的脑袋转不灵,若在平时,对方这么花言巧语地一说,往往自觉理亏,退避三舍,但今晚不同。刚来时我就有点看不惯红衬衣,这期间虽曾一度转而认为他是个女人般亲切的汉子,可又马上觉得那并非什么亲切,其结果,反而更加讨厌起他来。因此不管现在他如何说得天花乱坠、头头是道,不管他这堂堂的教导主任如何把我弄得欲言词穷,也休想叫我买账。能说的不见得都是好人,被说败的未必全是坏人。表面上看,固然是红衬衣满嘴是理,但无论他如何道貌岸然,也无法叫人心悦诚服。倘若以金钱、权势、嘴上功夫能买取人心,则高利贷商、警察、大学教授理应成为最受欢迎的人物。一个小小的中学教导主任也想靠什么逻辑推理来蛊惑人心,不自量力。人的行动是出于好恶,而不是源于推理。

"你说的虽然有理,但我还是不喜欢增加工资,不要了。回去想也是这么回事,再见。"说罢,出门而去。头上,一道银河横空。

九

在预定为青南瓜君开欢送会那天,刚到校,豪猪突然开口,长篇大论地道起歉来:"那天严银来,说讨厌你粗鲁,求我让你出去,我信以为真,就撺你搬出。事后一打听,才知道那家伙不是个好东西,经常往复制品上盖假印兜售。所以,说你的话也肯定是胡扯。他打算卖给你一些挂轴、古董之类赚钱,不料你置之不理,他见没便宜可占,就伪造一些谎话骗我。我不了解他的为人,实在对不起你,请你原谅。"

我二话没说,抓起豪猪桌上的一分五厘钱,装进自己的钱包。豪猪不解地问我怎么收起来了,我解释说:"当时不愿意被你请客,无论如何也想还你,过后慢慢想来,觉得还是由你请客为好,所以这就收起来了。"豪猪开怀大笑:"那你为什么不早收起呢?""其实早就想收了,又觉得很难伸手,才一直没动。近来到校,一瞧见这一分半钱心里就不舒服。"豪猪说:"你真是个死不认输的家伙!"我回击道:"你也顽固得可以。"以后两人这样问答起来：

"你到底是哪里人？"

"东京人。"

"噢，怪不得这样死不服输。"

"你是哪里的？"

"会津。"

"会津？我说这么顽固。今天的欢送会你去吗？"

"去，你呢？"

"当然去。古贺君动身时，我还想送他到海滨呢。"

"欢送会有意思，你去见识见识，今天要一醉方休。"

"你喝你的，我吃完菜就回来。喝酒的全是混账东西。"

"你这家伙动不动就想吵架，真有东京人那么一股轻佻劲儿。"

"随你说好了。去之前到我那儿坐一下，有话要说。"

豪猪按约来到我的住处。这段时间，我每看见青南瓜君，便觉得十分不忍，到了即将开欢送会的今天，更加不胜怜悯。可以的话，真想替他前去。因此，我想在欢送会上慷慨激昂地演讲一番，以壮其行色。但我这东京腔上不了大阵，便心生一计，想雇用声如雷鸣的豪猪，一举把红衬衣吓个半死。于是把豪猪叫来。

我先从玛利亚事件说起，对此，豪猪当然比我知道得更为详细。然后，我提起野芹河堤之事，骂红衬衣是混账东西。豪猪挑剔说："你不管是谁，通通骂成混账东西。今天在学校还说我也是混账东西。如果我是混账东西，红衬衣就不是混账东西，我和红衬衣可不是一丘之貉。"我说："那就叫他无赖小人好啦！"豪猪大为赞同："这还差不多。"豪猪厉害是厉害，但在咬文嚼字方面，远不如我知道得多。会津大汉或许都是这一路货色。

接着，又把红衬衣说要给我加薪和要重用我的话叙说一遍。豪猪用鼻子哼了几声，说："那么，就是打算把我免职了！"我问："你愿意给免职吗？""哪个愿意，要是把我免了，我非把红衬衣也一块儿拉下马不可。"豪猪气势十分之壮。我马上追问一句："你打算怎样和红衬衣同归于尽呢？""这我倒还没想。"豪猪虽气壮如牛，但谋略不行。我说到拒绝加薪时，豪猪欣喜不已，夸我说："不愧是东京子，好样的！"

我问道："既然青南瓜君如此不愿意调走，为什么不想法争取留任呢？"豪猪极为遗憾地说："我从青南瓜口里得知消息时，早已定局了。我到校长那里交涉了两次，到红衬衣家去了一次，都说已无可挽回。这也怪古贺，他实在过于老实了。红衬衣向他提起时，本应一口拒绝，或以想一想为借口一拖了事，而他却被红衬衣的花言巧语弄得晕头转向，当场答应下来。事后无论他母亲苦苦哀求，还是他自己跑去商量，都不顶用了。"

我说："这事大概是红衬衣耍的手腕，想把青南瓜弄得远远的，好把玛利亚搞到手。""毫无疑问。那家伙装得挺正派，可专干坏事。要是有人说什么，他就摆出一堆早已准备好的理由，溜之大吉，狡猾得很！碰上这种家伙，只能靠拳头解决问题。"说着，豪猪挽起满是肌肉疙瘩的手臂。我顺便问："你这胳膊像很有力气，练过柔道吧？"他于是握紧拳头，双臂的肌肉愈加隆起，叫我捏捏看，我用指尖一按，好家伙，简直就是浴池里的浮石。

我佩服得五体投地："凭你这两只胳膊，就是五六个红衬衣加在一起，怕也要给甩到一边去。""那还用说！"一边说着，一边把弯曲的手臂伸直，又缩回来，屈伸之间，肌肉疙瘩在皮肤下面滚动不已，委实开心。据豪猪证实：一次把两条粗纸绳拧在一起，缠在肌肉隆起处，然后猛一屈臂，纸绳"咔嚓"断开。我说："要是纸绳的话，我也差不多。""你也差不多？那你试试看！"我怕断不开，传出去反而不妙，便作罢。

我半开玩笑劝他："今晚欢送会上大喝一通，然后打红衬衣和二流子一顿如何？"豪猪略一沉吟，说："今晚就先算了吧！"问其原因，他似乎颇有城府地补充说："今晚动手对古贺不好。再说，既然要打，就必须看准那家伙的要害，当场收拾，要不然我们反要遭殃。"看来，连豪猪也比我有谋略。

我说："那么你就用演讲把古贺君大大赞扬一番。我这东京味儿压不住阵脚，而且一到正式场合，就突然反胃，好像有个大丸子堵在喉头，说不出话来，让给你说好了。""怪毛病，你在人堆里说不出话，这不好受吧？"我答道："哪里，没什么太不好受的。"

说话之间，时候到了。我和豪猪一同往会场走去。会场设在花晨亭，听说是本地一流饭店，我一次未敢问津。据传原是一位家老①的宅邸，买下后直接作饭店开业。一眼看去，那外观果然庄重威严。把家老宅邸改成饭店，想来好比把冲锋陷阵用的铁甲披肩，改作和服里面的小棉袄。

两人到时，人差不多齐了。五十个榻榻米大的房间里，三人一堆，两人一伙。到底是大房间，地板平平展展，宽敞得很，远非我在"山城屋"占据的十五个榻榻米大的地板可比。大致一量，有两丈多宽。右边摆着一个红色花纹的濑户瓷瓶，里面插一条大大的青松树枝。我不晓得插松枝是何用意，大概因为这东西几个月都不必担心叶子脱落，可以省一点钱吧。我问博物教师这濑户瓷瓶是哪里产的，答说不是濑户陶瓷，而是伊万里瓷瓶。我说伊万里不也是濑户瓷瓶么，对方嘿嘿直笑。事后得知，只有濑户出产的瓷瓶，才冠以濑户二字。我是东京人，以为凡是陶瓷都叫濑户陶瓷。房间正中有一幅挂轴，上面写着二十八个大字，大得像我的脸庞一样，拙劣得很。因太拙劣了，便问汉学先生为什么将这般拙劣的字挂在如此突出的位置，先生告诉说是一位叫海屋的著名书法家写的。海屋也罢，谁也罢，我至今仍认为写得不好。

不久，秘书川村招呼大家入席，我找了个有柱子可以靠

---

① 家老：(幕府时期诸侯的)家臣之长。

背的位置坐下。狐狸一身和服，在海屋的挂轴前面落座，同样身穿和服的红衬衣随之坐在左边。右边是今天宴会的主人公青南瓜先生，也身穿和服。我穿的是西服，但懒得正襟危坐，当即盘起腿来。邻座的体育教师穿一条黑西裤，像模像样，端然正坐。到底是体操教师，果然训练有素。一会儿，饭菜上来了，酒杯摆好了。干事起身，简单致辞。继而狐狸站起，红衬衣站起。说的都是欢送话，而且三人像有约在先似的，异口同声地称颂青南瓜君为人忠厚，为师优良，此次远去，实为憾事，不仅校方痛惜，个人亦觉依依。但由于本人情况特殊，只好忍痛割爱云云。欢送会上撒此弥天大谎，却丝毫不以为耻。尤其是红衬衣，三人里边数他将青南瓜君夸得最厉害，甚至说，失此挚友对自己实为一大不幸。而且说得十分情真意切，平时那柔声细语更加委婉动人。初听之人，必然信以为真。玛利亚大概就是给他这手骗去的。正当红衬衣大吐欢送词之时，坐在对面的豪猪看着我的脸，目光一闪，我用食指翻下眼皮，以示领悟。

红衬衣刚刚坐下，豪猪便迫不及待地凛然而起，我不禁高兴得鼓掌欢迎。结果校长一伙人都朝我望来，弄得我颇为狼狈。只听豪猪说道："刚才校长尤其教导主任对古贺君的调任表示分外遗憾，我倒有些相反，而希望古贺君尽快离开此地。延冈地虽偏僻，且物质生活料也不如本处方便，但据闻却是风俗淳朴的所在，师生员工均有古朴之风。我相信那里没有一个人口蜜腹剑，没有一个是两面三刀的混蛋，像你这样的温良诚挚之士，一定会受到普遍欢迎。因此，我辈为古贺君的调任表示由衷祝贺。最后，希望古贺君到延冈就任之后，选择一名堪为君子好逑的当地淑女，早日建立美满家庭，用事实将那种不贞不节的轻佻女人一举羞死。"接着大声咳嗽两声，坐了下来。我本来还想鼓掌，又讨厌众人的目光，只好忍了。豪猪刚刚坐下，这回青南瓜先生站起身来。这位先生从自己的座位，一直缓缓走到末席，彬彬有礼地对众人致以谢意。然后说道："此次由于一己之因前往九州，承蒙诸位先生为小生举行如此盛大的宴会，委实不胜感激。——尤其校长、教导主任以及诸君所致送别之辞，更令人感谢不尽，终生难忘。我虽从此远离，仍望诸位一如既往，诸多关照，幸勿见弃。"说完，谦恭地返回座位。真不知青南瓜君要老实到何种地步，居然对如此愚弄自己的校长、教导主任这般毕恭毕敬地表示感谢。若是出于礼节，一般寒暄一下倒也罢了，可看那举止、那话语、那神情，倒像是衷心感谢。被这样的圣人真心致谢，本当羞愧得面红耳赤，而不论是狐狸还是红衬衣，都在若无其事地认真倾听。

寒暄完后，"吱吱"之声，此起彼伏，四座皆起。我也学着啜了口汤，味道差得很。小菜里的鱼糕，黑乎乎的，残缺不全。生鱼片倒也有，但切得很厚，简直同生吃金枪鱼块无异。然而四周的人都狼吞虎咽，大吃大嚼，大概从未尝过东京风味。

不大工夫，眼见觥筹交错，顿时四下哗然。二流子正在校长面前，毕恭毕敬地接过酒杯，十足的奴才相。青南瓜君依序同每人交杯换盏，看样子要转一圈，甚是辛苦。轮到我时，青南瓜拉拉裙褶："换一杯吧！"我马上整一下西裤，拘谨地跪坐起来，递过酒杯，说："刚来就分别了，真是遗憾。什么时候启程？我一定要送到码头。"青南瓜君答道："不，不必了，这么忙，千万别送了。"不管青南瓜君说什么，我决意请假送行。

过了一个小时，席间混乱起来。有一两人喝醉了，嘴里含糊不清地说什么："喝、喝一杯，我不是叫你喝了么……"我有些无聊，走出解手，借着星光，打量这座古色古香的庭院。这时豪猪来了，满面春风地说："如何，我刚才的演讲不错吧？"我抗议道："只有一处不行，其他都非常赞成。"

"哪处不行？"

"你不是说延冈'没有一个是两面三刀的混蛋'吗？……"

"嗯。"

"光说混蛋，不够劲儿。"

"那说什么？"

"混蛋、骗子、冒牌货、伪君子、江湖贩子、鼹鼠、侦探，要是会叫，简直就是条狗，就说这些好了。"

"我这舌头可说不来。还是你厉害，首先单词知道得多。奇怪，你怎么上不了台呢?！"

"哪里，我这是为吵架准备的，上台就出不来了。"

"也许。不过刚才说得真够流利，再说一遍。"

"多少遍都行。混蛋、骗子、冒牌货……"

刚说开头，走廊里响起"呱嗒呱嗒"的脚步声，两个人跟跟跄跄蹿了出来。

"好哇，你们两个——逃出来了，——有我在你们逃不了，喝——冒牌货？——有意思，冒牌有意思。——喝！"

说着，拉起我和豪猪就走。实际上这两人也都是来上厕所的，但由于醉了，便忘了上厕所，拉起我们来了。醉汉大

127

概都是这样：只顾眼前见的，而即刻忘掉刚才想的。

"喂，诸位，把冒牌货拉来了。喝，给我喝，把这冒牌货给我灌醉，看你两个往哪儿跑！"

说着，把根本没想跑的我按在墙下。我用眼一扫，见桌子上没有一盘像样的菜，有的家伙把自己那份干光之后，还远征到两丈多远的别处去。校长不在，不知何时回去了。

这时，三四个艺伎走了进来，口中问道："是这里吗？"我略为一惊，因被推倒在墙下，便愣愣看着。这当儿，一直得意洋洋地口叼琥珀烟斗背靠壁龛柱子歪坐的红衬衣，蓦地跃起，向外跨去，和门外进来的一个艺伎擦肩而过时，艺伎笑着向他打招呼。这家伙最年轻，又最漂亮，说的什么离得远没听清，好像是问红衬衣"晚上好"。红衬衣像没听见似的扬长而去，再未露面，大概是随校长后边回去了。

艺伎一到，厅里顿时热闹起来，起哄之声甚嚣尘上，像是以此表示对艺伎的欢迎。有的家伙猜起拳来，声音之大，竟同拔刀厮杀一般。一时间，这边猜拳行令，那忘我挥舞双手的架势，简直比达库木偶剧团[①]的表演还要精彩几倍；对面角落里大喊"干杯"，俄而空杯齐举，又叫"来酒"。吵得一

---
① 达库木偶剧团：1894 年前后来日本演出的英国木偶剧团。

塌糊涂，俗不可耐。这中间只有青南瓜君空手枯坐，垂首沉思：为自己开欢送会，并非出于对自己调任的惋惜，而是为了饮酒作乐，唯独自己一人百无聊赖。这种欢送会，不开倒好得多。

不多时，一个个粗声瓮气地唱起什么歌来。来我面前的一个艺伎抱起三弦，叫我也唱几句，我反叫她唱。她便连声唱道："敲起鼓来打起锣，叫一声：迷路的三太郎回家了，咚呛咚呛、咚咚呛，要是敲锣打鼓能寻得，咚呛咚呛、咚咚呛，我何不也敲敲打打，把那心上的人儿来物色。"唱到这里，道了声累。累的话，何不一开始就唱个轻松一点的！

这工夫，不知何时凑到我身边的二流子又拿出他那评弹演员般的油腔滑调："阿铃，心上的人儿刚见一眼就走了，可有点舍不得吧！"艺伎一副一本正经的样子："我不知道。"二流子满不在乎，学着义太夫的样子，阴阳怪气地哼道："偶尔相见又离别……"艺伎用手打了一下他的膝盖："去你的！"二流子非但不恼，反而受宠若惊地嬉笑起来。这艺伎就是向红衬衣打招呼的家伙。被艺伎打了一巴掌还笑脸作陪，二流子也真够不知好歹。只听他又说什么："阿铃，我跳个纪伊国舞，你弹三弦伴奏！"看那样子，像要真的表演一番。

对面，汉学先生咧着没牙的嘴："传兵卫君，那我可没听见，你和我之间……"正在念念有词，突然想不起来了，艺伎催问："后来呢？"老头子到底好忘事。另一个艺伎扯住博物："近来流行这么一种东西，我弹给你听，好好听着！"随即唱道："时髦花月发型，上扎白头绳，骑着自行车，弹奏提琴声，口中英语半熟生，I am glad to see you。"博物听罢，大加赞赏："果然不错，英语也上来了。"

豪猪声如雷鸣，大叫艺伎，说他要舞剑，下令弹三弦伴奏。因其声过大，艺伎惊得不知所措，没有应声。豪猪不管三七二十一，拿过手杖，随着一声"踏破千山万岳烟"，闪到房间正中，独舞起来。此时，二流子早已跳完纪伊国、滑稽舞，唱罢"板上不倒翁"，正只挂一条越中兜裆布，腋下夹着一把棕榈扫帚，在厅中转来转去，唱什么"日清谈判已告吹……"端的是神经病。

我见青南瓜君一直正襟危坐，连裤裙也没脱，实在过意不去。虽说这是为他举行的欢送会，但也大可不必勉强看这种只挂兜裆布的裸体舞。我走到他身边，劝道："古贺君，该回去了。"青南瓜君却说："今天是我的欢送会，我先走有失礼节，不客气。"仍旧一动不动。"管它呢，欢送会就该像个欢送会的样子,你看那叫什么玩意儿,简直是发疯会,走吧!"我好歹把他劝起身,刚出门,二流子挥舞扫帚,一路杀来,把扫帚一横,拦住去路:"主人怎么能先走?!现在是日清谈判,不许回去!"我早已忍无可忍,朝他劈头就是一拳:"混账,日清谈判你就谈去!"刹那间,二流子呆若木鸡,旋即胡言乱语:"哎呀,厉害,吃了一拳,晦气,竟敢打我吉川,胆大包天,真个是日清谈判……"正当其喋喋不休之时,豪猪从后面飞奔而来。原来他发觉这里势头不对,便停止舞剑赶来。见此情景,一把抓住二流子的脖子,往回拖去。"日清……痛、痛呀,简直无法无天!"二流子边嚷边摇头挣扎,被豪猪横向一抡,"扑通"一声摔倒在地。后来我就不晓得了,半路上同青南瓜君分手,回到住处时已经过十一点了。

†

由于召开祝捷大会，学校停课。庆祝仪式在练兵场举行，狐狸率领全体师生参加，我作为一名教员，自然也得跟去。走进市区，只见到处都是太阳旗，耀眼炫目。学校光学生就有八百之多，由体育教师带队。班与班拉开一段距离，其间插进一两名教师加以监督。这办法看起来不错，实际并不高明。一来学生年纪还小，二来都是些捣蛋鬼，自以为不破坏纪律便有损面子，跟上一两名教师根本无济于事。本来没下命令，却随便唱起军歌，唱罢军歌又无故"哇哇"怪叫，简直是一群沿街乱窜的流浪武士。不唱歌不起哄时便喋喋不休，好像不讲话就走不了路似的。不过日本人都是先从嘴巴出生的，无论怎样三令五申也奈何不得。光是喋喋不休倒也罢了，而他们讲的全是老师的坏话，下流胚！自从学生就值班事件向我道歉之后，我便以为他们由此改邪归正，其实大谬不然，用房东婆婆的话说，正是所谓地地道道的傻瓜。学生们道歉，并非由于内心感到愧疚,而是由于校长有令,不得不低头应付一下。正如商人虽然总是低头却不停止投机取巧一样,学生们也只是道歉,而绝不放弃捣乱。仔细想来,社会怕都是由学生一类的人组成的。大概只有超级傻瓜才对别人的道歉信以为真,予以原谅。不妨可以认为:道歉者无非是逢场作戏,原谅者不过是虚与委蛇。如果想让对方真心认罪,就必须狠狠把他打到彻底后悔为止。

我一走进班与班之间的空隙,便听得"炸虾面""丸子"之声此起彼伏,且由于七嘴八舌,无法分辨出自何人之口。即使分辨出来又有何用,若问他们,肯定狡辩说:不是说炸虾面,不是说丸子,是老师神经过敏。这种劣根性是封建社会遗留下来的,根深蒂固,无论你如何劝说,不管你怎样告诫,都不过是对牛弹琴。在这里待上一年,一身清白的我也势必与其同流合污。我再不能用那种使得对方巧妙抓住把柄的方式对付往我脸上抹黑的家伙，再不能做这种蠢人。他们是人，我也是人。虽说是学生，虽说尚未成年，但个个长得牛高马大，非我可比。因此若不报复一下，委实情理难容。但如果采用一般手段，则对方将反咬一口；如果说他们咎由自取，则对方口若悬河，将事先准备好的歪理一股脑儿倾泻出来。用歪理把自己打扮得道貌岸然之后，即转入反攻。既然本来属于报复，那么我的辩护词就必须列举对方的短处，否则便达不到自我辩护的目的。也就是说，不能中对方的奸计，以致在别人眼里是自己惹是生非，落得狼狈境地。但若姑息养奸，只将其视为愚昧顽童而任其妄为，则对方愈发不可一世，得寸进尺。说得夸张一点，将危及社会。因此，必须采用一种对方无懈可击的方式进行报复，而切勿落入对方布置的圈套。这样一来，我这东京人也将随之变坏。但这种变坏实属迫不得已：我也是人，若被他们如此欺负一年而不以毒攻毒，我如何忍受得了！无论如何，只有回京和阿清婆在一起才是上策。到这种乡下，简直是前来堕落。即使回京沿街卖报，也比在这里堕落强。

我边想边勉强跟着前行，突然前边好像骚动起来，队伍随即停住不动。我觉得奇怪，往右跨出队列，朝前一看，先头部队挤在前门街与药师街的交叉处，前推后拥，水泄不通。体育教师声嘶力竭地一路大喝"安静"，往后走来。向他一问，知道是中学与师范学校在十字路口发生了冲突。

不知什么缘故，中学同师范不论在哪一县都势同水火，校风格格不入，动辄聚众吵架。大概在这穷乡僻壤，学生百无聊赖，而借此消磨时间吧。我生性好斗，一听说吵架，马上来了兴致，往前跑去。听得前边那伙家伙不断怒骂什么"地方税①，还不缩回去！"，后边的则大叫"推呀、挤呀！"。我钻过学生堆，快到拐角时，忽听一声厉声高叫："前进！"旋即师范学校整齐开拔。看来这场冲突得到了解决：中学让了一步。按资格，据说师范在上。

祝捷仪式相当简单。旅长宣读贺词，知事宣读贺词，与会者高呼万岁，如此而已。文娱节目听说放在下午，我便先折回住处，动笔给近来一直惦念的阿清婆写信。阿婆要我这次写得详细一点，因此马虎不得。然而一旦铺开信纸，便觉得事情多得无从写起：写那个吧，那个啰唆，写这个吧，这个无聊。我搜肠刮肚，想找一件既可一挥而就阿婆又能感兴趣的事来写，但无处可寻。我研研墨，润润笔，看看纸，又看

---

① 地方税：对师范学校的蔑称。因师范学校的经费来自地方税收，故称。

看纸，润润笔，研研墨，如此不知反复多少次。最后长叹一声，自认不是写信的材料，合上砚池了事。写什么信，何等麻烦！还是回京面叙痛快。我不是体会不出阿婆的苦心，但要我按其要求写信，实在比绝食七天还要不堪忍受。

我扔开纸笔，转身躺倒，枕着手臂，眼望院子，但心里还是放不下阿清婆。这时我想道：只要我来这么远还挂念阿婆，那么我的真心一定会传给阿婆，只要传得真心，那么写信就是多余的了。我不写信，阿婆当以为我平安无事。信那个东西是在死时、病时或有事时才写的。

院子有一百多平方米，平平展展，只有一株橘子树。树很高，从墙外远远就可望见。我每次回来，都朝这株树看个不止。对于没出过东京的人来说，长橘子树的地方是颇为新奇的。那绿色的果实，想必渐渐成熟，变成黄色，该是很漂亮的。问房东婆婆，她说这橘子富有水分，酸甜可口，还说熟的时候请我多吃一些。那我就每天吃几个。看来再过三个星期就可以吃了，总不至于三周内就离开这里吧。

正当我打这橘子树的主意的时候，豪猪忽然来了。他说今天开祝捷会，想和我吃上一顿，买来了牛肉。说着从怀里掏出一个竹皮包，扔到房间正中。我在这里上顿下顿全是地瓜、豆腐，加上又去不得荞面馆、丸子店，正馋得发慌。于是大为高兴，马上去房东婆婆那里借来锅和砂糖，动手煮起来。

豪猪一边塞得满嘴都是牛肉，一边问我知道不知道红衬衣和艺伎厮混的事。我说当然知道，大概是前几天青南瓜君欢送会上来的那个人。豪猪应声说对，说他近来刚刚发觉，并夸我极为聪明敏感。

"那家伙张口道德品质，闭口精神享受，暗地里却和艺伎鬼混，可恶透顶！假如对别人的游乐宽容一点倒也罢了，可连你上荞面馆去丸子店，他都说是有碍教化，通过校长的嘴加以限制。"

"哼，在那个家伙看来，大概勾引艺伎是精神享受，而吃荞面条和丸子是物质享受吧。如果那算是精神享受，就干得公开一点，可你瞧他那举动：鬼混过的艺伎刚一进屋，他就马上离席跑掉，妄想一直蒙混下去，不是个东西！别人一指出来，他就说什么不知道呀，什么俄国文学呀，什么俳句和新体诗是兄弟呀，摆起迷魂阵来。这种敢做不敢当的家伙，哪里还算是个男子汉！简直是官女托生的，说不定他老子是汤岛相公①。"

---
① 汤岛相公：此处指男娼。

"汤岛相公是什么？"

"大概是没有男人骨气的败类。——喂，那块肉还没煮熟，吃了要长绦虫的。"

"是么，不要紧吧。听说，红衬衣偷偷到温泉角屋那里会艺伎。"

"角屋？就是那家旅店？"

"旅店兼饭店。所以，要想把那家伙整得服服帖帖，就必须看准时机，趁他领艺伎进到那里时，当场抓住痛斥。"

"看准时机，要守夜不成？"

"嗯。你知道吧，角屋前面有一家叫升屋的旅店，在正面二楼租个房间，把拉窗开个洞，观察动静。"

"观察的时候他能来吗？"

"差不多。反正一个晚上不行，要干就得豁出一个星期。"

"那可够累的了。我只是在父亲病危时熬过一个礼拜的夜。事后还觉得迷迷糊糊，难受得不得了。"

"身体吃点苦，有什么了不起！这种坏蛋要是再不给他点颜色看，实在对日本不利。我是替天行道。"

"好，痛快！既然如此，我也算一个。今晚就开始守夜么？"

"还没和升屋讲妥,今晚不成。"

"那,什么时候动手?"

"也就是近几天。反正我告诉你就是,到时候你可要帮忙。"

"放心,奉陪到底。出谋划策我是不行,但耍拳弄脚,我还真有两手。"

我和豪猪正在商量惩治红衬衣的计策,房东婆婆进来:"学校来了名学生,说要见堀田先生。他说刚刚去过府上,您不在,料想在这里,找上门来。"说着,把膝盖触在门槛上,等待豪猪回话。"是么!"豪猪应了一声,往大门口走去,但很快就回来了。"喂,学生找我去看祝捷会的文娱节目。说从高知县那边,有一伙人特意来跳什么舞,叫我一定去看,说这种舞难得见到。你也一块儿去吧!"豪猪兴致勃勃,劝我同行。舞蹈这玩意儿,我在东京看得多了。每年的八幡庙会,流动戏台车走街串巷,比如《汐酌》①之类,我全都一清二楚。对这种土佐风味的狂蹦乱跳,我着实没有兴趣。但由于豪猪好意相邀,便也心血来潮,走出门去。出门一看,原来前来找豪猪的竟是红衬衣的弟弟,莫名其妙。

① 《汐酌》:日本舞蹈名称。下文的《关户》亦同。

走进会场，四下装饰得如同回向院摔跤场或本门寺法会一般，这里那里，插着长条彩旗。还有很多旗用绳子拉着，纵横交错，铺天盖地，简直像借来了世界上所有的国旗，把个偌大的天空一时间装扮得五彩缤纷。东端一角搭了个临时舞台，听说高知来的人要在那上边表演什么舞蹈。从舞台往右走五十多米，有一处用苇席围着，里面摆着插花。众人看得出神，其实无聊至极。把这些花草树木弄成奇形怪状而沾沾自喜，还不如找个驼背情夫、跛脚丈夫来到处炫耀。

舞台对面不住地放焰火。焰火中腾出气球，上面写着"帝国万岁"，在天主松上方飘来荡去，落到兵营里去了。接着"砰"——一颗黑色弹丸腾空而起，"乓"一声在我头顶裂开，青色烟幕像伞一样散开，缓缓融入空中。气球又升起来了，这家伙是红色的，写着"陆海军万岁"几个白字，随风飘荡，从温泉小镇的上空飞往相生村方向去了，可能落到观音庙院内。

开会时人并不很多，现在却摩肩接踵，人山人海，真没想到这乡间竟住有如此芸芸众生。秀气的面孔没见几张，不过其人数之多确不可轻视。不一会儿，小有名气的高知那伙人跳起来了。因说是舞蹈，我便以为是藤间流派或其他流派的什么名堂，结果大异其趣。

只见三十几个汉子，气势汹汹，头缠毛巾，下穿裤裙，扎着绑腿，在台上分三列排开，个个腰刀出鞘，令人望而生畏。前列与后列仅相隔一尺五寸许，左右间隔与此完全相等。只有一个离开队列，站在舞台前沿。这单个汉子虽也穿着裤裙，但没缠头，亦未佩刀，而在胸前悬挂一鼓，同《太神乐》①所用鼓一般模样。稍顷，这汉子"呀——啊——"，慢悠悠地唱起莫名其妙的歌来，边唱边"咚咚"敲鼓。歌的调子十分古怪，闻所未闻，如果说是《三河万岁》同《普陀落》②的混合物，想必不会有错。

歌曲相当之长，宛似夏日的糖稀，断断续续，没完没了。由于是用鼓的"咚咚"声来断句，所以尽管听起来似乎一塌糊涂，但仍然节奏分明。三十人身上的腰刀按拍起舞，寒光闪闪，快速敏捷，令人胆战心惊。人的活动空间前后左右不过一尺五寸，那锋利的腰刀又要同自身浑然一体，舞动自如，倘若动作稍有不齐，便将互相残杀。假如身体不动而只任腰刀上下左右摇摆，倒无甚危险，而这三十人却是同时运动，时

---

① 《太神乐》：日本的一种地方舞。
② 《三河万岁》同《普陀落》：均为日本民间歌舞。

而踏脚侧身，时而前后旋转，时而屈膝弓腰。邻人哪怕只快一秒或慢一秒，不是削去自己的鼻子，就将割掉邻人的脑袋。腰刀虽可自由运动，但其活动范围仅限于一尺五寸角的圆圈内，且必须同前后左右之刀以同一方向、同一速度舞动。真是惊心动魄，远非《汐酌》《关户》所能企及。一问，得知这需要演技十分娴熟，否则很难如此配合默契。其中动作最难的，是那位哼哼呀呀的"咚咚"先生，三十人的步法、手势、腰的屈伸，无不取决于这"咚咚"先生击鼓的节拍。从旁看来，数这头领最为悠然自得，"呀——啊——"，似乎信口而歌，随心所欲，而实际上却系一台安危于一身，异常紧张，堪称一绝。

正当我和豪猪叹为观止之时，五十米开外处突然喊声大作，一直屏息观看的人群旋即波涌浪翻，左摇右摆。"打架啦，打架啦！"声音刚落，红衬衣的弟弟从人群中弓腰钻来："老师，又打架了，中学要报今天早上的仇，又和师范那帮家伙开战了，请快来！"说着再次转身潜入人海，无影无踪。

"这些个捣蛋鬼，怎么又闹起来了，也该适可而止！"豪猪说罢，穿过逃窜的人群，飞奔而去。大概是想劝阻，毕竟不能视而不管。我当然无意退缩，紧随豪猪，赶到现场。但见鏖战正急，师范方面有五六十人之多，中学有七八十人之众。师范身穿制服，而中学会后多已换上和服，敌我一目了然。但由于打得难舍难分，混乱一团，不知从何处下手拉架。豪猪面露难色，观望片刻，回头看我一眼："这怎么行，警察来就糟了，冲进去拉开吧！"我二话没说，一跃冲进战场核心。"住手住手！这么乱来，要毁掉学校声誉，还不住手！"我最大限度地扯开嗓门叫着，企图从像是敌我分界的地方横穿过去，但根本行不通。钻进两三米远，便四面被围，进退不得。眼前一些年龄较大的师范生，正和十五六个中学生拳来脚去。我大喝一声："住手！还不住手！"抓住一个师范生的肩膀，正要强行拉开，不知是谁突然来了个扫堂腿，我措手不及，松开师范生的肩膀，躺倒在地。一个家伙提起硬皮鞋，踩住我的脊梁。我用双手和膝盖撑地，翻身跃起，踩脊梁的家伙向右跌倒。起来一看，见五六米远处，豪猪那庞大的身躯被学生挤在中间，推来搡去，仍在大声疾呼："住手住手，不要打，不要打了！"我叫他一声，告诉他那样不行，但他似乎没有听见，全无反应。

"飕——"一颗石子迎风而起,直朝我脸颊打来,我刚一闪过,不防脊背着了一棍。只听有人叫道:"老师还来打架,打,打他!""两个教师,一个大家伙,一个小家伙,扔石打头!"这些乡巴佬,狗胆包天!我一时兴起,猛然朝身旁一个师范生的头上打去。又一颗石子飞来,这回掠过我的分发头往后飞去。豪猪不知战况如何,了无踪影。事已至此,唯有一战。本来是进来劝架的,但既然遭此棍打石攻,岂能忍气吞声,败下阵去,甘当懦夫!竟欺负到我头上来了!休看我身材矮小,却是武场出身,功夫早已练就,论打架汝等还是后辈!于是我拳脚齐上,逢人便打。打不多时,只听得"警察来了,警察来了!快跑,快跑!"。刹那间,如同泥塘般脱身不得的战场变成无人之境,敌我双方尽皆风吹云散。这些乡巴佬,逃跑倒真有两下子,比库罗帕特金①还来得巧妙。

　　一看豪猪,见他身上的条纹布裥被扯得七零八落,正在前面擦鼻子。他说鼻子吃了一拳,流了不少血。那鼻子肿得通红,不堪入目。我穿的是带碎白点花纹的夹袄,只弄得浑身泥污,没有破损到豪猪布裥的地步。但面颊火辣辣地作痛,不大好受。豪猪告诉我出了很多血。

---

① 库罗帕特金:库罗帕特金(1848—1925),沙俄将军,日俄战争时任俄军远东陆军司令。

警察来了十五六名,但学生都从反面逃光了,逮到手的只有我和豪猪。我们报了姓名,说了原委,警察叫去一趟,我们便到警察署,在署长面前把事情的整个经过叙说一遍,然后才回到住处。

十一

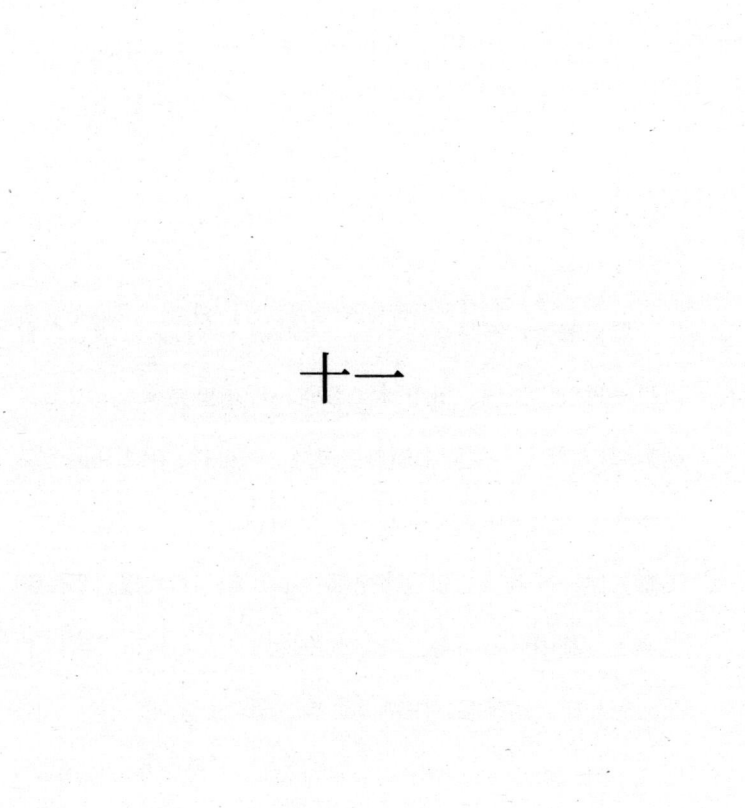

翌日醒来，浑身疼痛难忍，大概是久未打架的缘故，看来也不可过于自信。正在床上想着，房东婆婆拿来《四国新闻》，放在枕旁。实际上痛得连报纸都懒得看，但想到男子汉岂能在这么点伤痛面前屈服，便支撑着翻身趴下，翻了两页，不禁愕然——昨天打架之事全都登了出来。若只报道事件倒也罢了，其中居然写道：中学教师堀田某人和从东京到任不久的狂妄自大的某某，唆使温良恭顺的学生滋众闹事。不仅如此，两人还亲临现场指挥，肆无忌惮地对师范生施以暴力。进而评论说：本县中学向以良好的校风为全国仰慕，而今竟被两个轻薄竖子将吾校特有声誉败坏殆尽，使得全市受辱。因此，我辈必须毅然奋起，究其责任。我辈深信，在我辈着手之前，当局必将对两个无赖给予适当处分，使其再无涉足教育界的余地。在这些词句上还针灸似的逐字加了黑点。我在床上骂声"混账"，一跃而起。奇怪的是，一直痛不可耐的全身关节，随这一跃骤然减轻了许多。

　　我把报纸揉作一团，抛到院子里，仍觉不够解气，又特意捡起扔进厕所。报纸这东西全是胡说八道。世上再没有比报纸更会吹牛撒谎、妖言惑众的。把本来应由我说的话竟然用对方的嘴一一道出，反咬一口！还说什么从东京到任不久的某某，找找看，普天下哪有姓某名某之人！休看我天涯沦落，也是个有名有姓、堂堂正正的汉子！若要看我家谱，就让你把多田满仲以来的先祖逐位参拜一遍。——洗罢脸，两颊陡然痛起来。我向房东婆婆借镜子，她问我看了今早的报纸没有，我说看完扔到厕所里了，要看你就捡去。她惶惑地退出去了。照镜一看，那伤痕一如昨日。尽管如此，这脸也非俗物可比。但我不愿意再被人胡诌成什么脸受伤后仍狂妄自大的某某，够了！

　　我想，今天要是不去，那伙人肯定说我被报纸吓破了胆，岂非毁了半世英名。于是吃过饭，第一个赶到学校。结果，每来一个家伙，无不对我的脸发笑。有什么好笑的！又不是你们赏给的脸！一会儿，二流子来了，冷嘲热讽地说："哎呀，昨天可立大功了——光荣负伤！"看样子是存心报欢送会被打之仇。我当即回击："少啰唆，舔你的画笔去吧！""厉害！不过想必痛得不轻吧？""痛不痛是我的脸，关你屁事！"这一来，二流子坐在对面自己的位置上，但仍然看着我的脸，对邻座的历史老师嘀嘀咕咕，嬉皮笑脸。

接着，豪猪来了。那鼻子肿得发紫，仿佛一碰就会流出脓来。或许当时过于自恃其勇，脸面大受其苦，比我严重得多。我和豪猪并桌而坐，且又要好，加之正对门口，首当其冲，这就更倒霉了：两张奇形怪状的脸并列一起，其他家伙一觉无聊便往这边看个不止。他们口称飞来横祸，而心里一定在讥笑我俩是傻瓜。否则，绝不会那么躲躲闪闪地窃窃私语，哧哧作笑。走进教室，学生们鼓掌欢迎，有两三人甚至喊"老师万岁"，不知是真心欢迎，还是变相嘲弄。正当我和豪猪成为人们注目的焦点之时，红衬衣一如往常地凑上前来："真是飞来横祸，我感到十分痛心。关于报上的报道，我和校长商量过了，已经办好了订正手续，不必担心。这事也怪我弟弟，是他拉你们去的，我非常抱歉。因此我打算竭尽全力，平息事态。请多原谅。"颇有点负荆请罪的味道。第三节课时，校长从校长室出来，有点担心地说："报上出了麻烦，但愿平安过去。"我没什么担心的，若要把我免职，我就抢先提出辞呈，如此而已。不过转念一想，这事本不怪我，而我要是落荒而逃，势必助长吹牛报社的气焰。因此，只有叫报社订正失误，自己继续干以争气才是正理。临回去时想去报社交涉一番，但红衬衣说已经办了订正手续，也就算了。

我和豪猪趁校长和教导主任有空时，把事情的来龙去脉如实说了一遍。两人也点头称是，分析说："大概是报社对学校怀恨在心，因此才如此添枝加叶，混淆视听。"红衬衣一边为我们辩护，一边在休息室转了一圈，从每人的面前走过。尤其埋怨自己的弟弟不该去叫豪猪，像是引咎自责一般。大家都责怪报社，口骂"混蛋"，而对我俩则说是城门失火，殃及池鱼。

下班时，豪猪提醒我说："红衬衣这小子可疑，小心上当。""反正不是个正经东西。不过这也不是从今天才开始的吧？"豪猪开导说："你还不明白他的花招，昨天是他把我们骗到打架场上去的！"我果然没想到这里，不禁暗暗佩服：豪猪貌似鲁莽，却比我多谋。

"先挑起那场争斗，随后把手伸到报社，叫写了那么一篇报道。这个阴险家伙！"

"报社也是红衬衣的同党？真想不到！可报社不会那么轻易听信红衬衣的吧？"

"不听信？报社有朋友就行了嘛！"

"有朋友吗？"

"没有也无所谓，只要撒个谎，如此这般一编，就马上出来了。"

"真够狠毒。果真是红衬衣的计策，说不定我们得因此免职。"

"弄不好，可能给搞掉。"

"那，我明天就提出辞呈，马上回京。这种龌龊地方，请我也不来。"

"提辞呈也伤不了红衬衣半根毫毛。"

"倒也是。那可如何是好？"

"这种缺德家伙的所作所为，早已算计妥当，根本不让人抓住任何把柄。你想反击，没那么容易。"

"真是难办。那么，就得白受冤枉不成？可气！天道，是耶非耶①?"

"反正,再等两天看看吧。实在不行,只好在温泉那里当场逮住。"

"他设计叫我们打架,我们就反过来和他打架吗?"

"正是。我们也不是好惹的:抓准要害,当场给他难堪。"

"也好。我不懂谋略,一切拜托你了。到时候我只管干就是。"

这么着,我和豪猪分手了。红衬衣所为要是真像豪猪推测的那样,那么着实可恶。这种家伙无论如何是无法智取的,只能诉诸武力,难怪世界上战争不断,即使个人,归根结底也只能靠武力。

第二天,好不容易把报纸盼到,打开一看,别说订正,连取消声明的字样都没有。到校催问狐狸,说可能改在明天。等到明天,用很小的篇幅以六号铅字登了一条取消声明,然而报社根本没有检讨错误。再次追问校长,答说至此再无良策。这叫什么校长,摆出一副狐狸面孔,装腔作势,却如此无能,连叫一家伪造新闻的地方报社赔礼道歉的本事都没有。我满肚火气,说:"那么我一个人找主编说去。""那不行,你一说,

---

① 天道,是耶非耶:语出《史记·伯夷列传》。

只能惹他再编坏话。就是说，凡事一旦到了报社那里，假也罢，真也罢，都无可奈何，只能任他说去。"狐狸像和尚讲经似的来了一通说教。报社若是这样，还不如趁早砸烂，免得吃亏受气。而现在狐狸一说，我才明白：一旦落在报社手里，便像给乌龟咬住一样，死活挣脱不得。

三天后的一个下午，豪猪气冲冲赶来，说："时候到了，我马上实行那个计划！""好，算我一个！"我当场申请参战。不料，豪猪歪头沉吟一下："你最好算了吧。""为什么？""校长还没叫你提出辞呈吧？"我说："没有，你呢？"豪猪答道："今天在校长室，校长说：'实在抱歉，事已至此，快拿主意吧！'"

"哪有这种道理！狐狸大概把肚子当鼓打过火了，胃都打颠倒了。你跟我一同参加祝捷会，一同观看高知的腰刀舞，一同闯进去劝架，要是叫提辞呈，干脆不偏不倚，让两人都提才是。这乡间学校，如此不明事理，拖泥带水！"

"这都是红衬衣的鬼主意。我和他一直势不两立，而你，他大概认为继续留下来也不至于有什么危害。"

"我又岂能同红衬衣两立！什么不至于有危害，想得倒美！"

"他觉得你太单纯了,留在身边,也可想法笼络住。"

"这更可恶了,哪个要和他两立!"

"再说,前些天古贺走后,后任因事还没报到,要是把你我二人同时撵走,学生课安排不开,影响教学。"

"这岂不是把我当成歇幕间凑趣的小丑了!畜生,谁吃他这一套!"

翌日,我到校走进校长室,开始谈判:

"为什么不叫我提出辞呈?"

"哦?"狐狸瞠目结舌。

"只叫堀田提,却不叫我提,这说得通吗?"

"根据校方情况……"

"那情况是错的。如果我可以不提出辞呈,那么堀田不是也无此必要了吗?"

"这里面的原因很难解释。——堀田君辞职也是迫不得已的,而你还不具有提出辞呈的必要。"

不愧是狐狸,说得颠三倒四,不知所云,却如此故作镇静。无奈,我说道:

"那么,我也提出辞呈好了。也许你认为我可以在堀田君辞职后仍心安理得地留在这里,我可干不出这种不仁不义的事。"

"这不太好办。堀田走了你也走了,学校的数学课一节也开不出来了……"

"开不出来也不关我事。"

"你别这样任性,要多少考虑一点学校的难处。况且,你来不到一个月就辞职不干,这关系到你将来的履历,这点也要考虑一下才好。"

"管它履历不履历,义气要比履历重要得多。"

"这对——你说的全都对。但也请你多少想想我的话。如果你实在要辞职,也未尝不可,只是请坚持到有代课教师时再说。不管怎样,你回去重新考虑一下。"

考虑也是这么回事,道理早已清清楚楚。但眼见狐狸的脸红一阵,白一阵,便动了恻隐之心,答应再想一想,走出门去。我没有搭理红衬衣,反正要收拾他,到时一起给他个厉害的看。

我向豪猪讲了和狐狸谈判的情况。他说,估计是这么回事,劝我先把辞职的事放一放,等到关键时刻再提也不迟。我听从了。看起来豪猪比我有头脑,我决定言听计从。

豪猪终于提出辞呈,跟同事们告别完后,搬到海滨的

"港屋"旅店，之后神不知鬼不觉地折回来，潜入温泉镇上的"升屋"旅店正房的二楼，在拉窗上开了个洞，向外窥视。知情人大概只有我一个。红衬衣来肯定是在夜间——傍晚时分尚有学生或其他人走动，至少要过九点才能露面。最初两个晚上我也一直守候到十一点，但根本没见红衬衣的影子。第三天从九点窥视到十点半，还是杳无踪影。再没有比事后灰溜溜摸黑赶回寄宿处更傻气的事了。四五天过后，房东婆婆有点不安起来，好意提醒我说："已经有夫人了，晚间最好不要出去闲逛。"我告诉她，这不是一般的闲逛，而是替天行道。话虽这么说，假如跑上一周都一无所获，肯定会感到厌倦。我是急性子，心血来潮时可以干一个通宵，但从未打过持久战。虽说替天行道，除害为民，旷日持久也难免生厌。第六天我也无心恋战，第七天干脆想休息了。到那一看，豪猪仍一意孤行。从傍晚到十二点，他一直把眼睛贴在拉窗上，紧紧盯着"角屋"那圆形煤油灯下面的空地。我每次到时，他便出示一堆统计数字：今天来客几人，留宿的几人，女的几人……面面俱到，令人吃惊。我一说好像不会来了，他差不多总是抱着肩膀，叹息一声："不会不来吧！"可怜，假如红衬衣不到这里来一次，豪猪怕一辈子也奈何他不得。

第八天，我七点半离开住处，先不慌不忙地洗了温泉，然后在街上买了八个鸡蛋——这一手是用来对付房东婆婆的地瓜战的。我把鸡蛋装进和服袖，一边四个。肩上搭着那条红毛巾，两手揣在怀里，进得"升屋"，爬上楼梯，打开豪猪房间的拉门，见豪猪那凶神般的脸上满是喜气，口称"有希望、有希望"。直到昨晚，他还闷闷不乐，连旁观的我都黯然神伤。现在一见他喜形于色，我也顿时一振，还没问其缘故，便迭声叫好。

"今晚七点半左右，那个叫阿铃的艺伎进'角屋'去了。"

"和红衬衣一起吗？"

"不。"

"那还是不成。"

"艺伎是两个，大有希望。"

"何以见得？"

"何以见得？那家伙那么狡猾，说不定让艺伎先来，自己随后摸到。"

"也许。九点了吧？"

"差不多九点二十。"豪猪从衣带间摸出镍钢怀表，边看边说，"喂，把灯熄掉。窗上照出俩圆脑袋影子来可不妙，那滑头马上就会起疑心的。"

我把漆面桌子上的煤油灯一口吹灭。由于外面的星光，只有窗口微微发亮。月亮尚未出来。我和豪猪把脸紧紧贴在拉窗上，屏息敛气，"叮——"，挂钟打响九点半。

"喂，该来了吧？今晚再不来我可就没耐性了。"

"我，只要有钱就干下去。"

"钱，要多少？"

"到今天，八天花了五元六角。我一天一结账，随时准备走掉。"

"干得利落。旅店不觉得蹩跷吗？"

"旅店倒没什么，只是闷得慌。"

"那你就睡午觉么！"

"午觉是睡，但不能外出，无聊得很。"

"替天行道可不是好玩的。天网恢恢也有漏掉的时候，真漏掉了，可就前功尽弃了。"

"哪里，今晚他定来无疑。——喂，看、看！"

豪猪声音陡然变低，我不禁一惊。向下看时，一个头戴黑帽的汉子，仰脸看了看"角屋"的煤油灯，径自往暗处去了。不是红衬衣，我暗暗叫苦。不多会儿，账房里的挂钟无情地打响十点。今晚怕又落空了。

四周已经很静了。妓院的鼓声听得真真切切。月亮从温泉山后蓦地探出头来,街上明光光的。这当儿,下边传来了说话声。因不能从窗口伸头张望,无法弄清说话人的模样,但似乎越来越近了。木屐拖击着路面,发出一连串的响声。斜眼一瞄,已经近得可以望见两人的身影了。

"这回没事了吧,眼中钉已经拔掉了。"一点不错,正是二流子的声音。"那家伙有勇无谋,自然不是对手。"这是红衬衣。"那小子也活是个混蛋。不过这混蛋是一介武夫,鲁莽哥儿,还算招人喜欢。""一会儿拒绝加薪,一会儿要提辞呈,神经肯定有毛病!"我恨不得打开窗户,跳下二楼,狠狠打他一顿,但火候不到,只好勉强忍住。两个人哈哈笑着,从灯光下走过,钻进"角屋"去了。

"喂!"

"喂!"

"来了!"

"总算来了!"

"这回好了!"

"二流子这畜生,说我是什么武夫、鲁莽哥儿!"

"眼中钉是指我,混账透顶!"

我和豪猪必须在归途中袭击他们。但摸不准两人几时出门。豪猪到楼下去,告诉店员今晚可能因事离开,叫其结账。如今想来,开旅店的人真好说话,本来看上去我们和盗贼差不了许多。

盼望红衬衣到来已够难受,而现在静等其从里面露头就更加急不可耐。既睡不得,又懒得始终脸贴窗孔窥视,总是感到心神不定,我还从未尝过这般痛苦的滋味。我提议说:"索性冲到'角屋'去,当场逮住算了。"豪猪一口否决,说:"我们要是现在就去,店员会说无理取闹,挡在门外。如果我们说明原因求其引见,便将谎称不在或把我们领到别的房间去。即使我们出其不意地闯入店内,几十个房间,也找不准是哪个。因此,无聊也只好等他们自行出来。"就这样,等了又等,好不容易熬到早晨五点。

一见两个人影溜出"角屋",我和豪猪立即尾随而去。头班火车还不到时间,两人只能步行到城下。走出温泉小镇,街旁有两行一百多米长的杉树,左右是庄稼地。走过这里,四处零星散着几处茅舍,田地当中有一条路直通城下。只要出街,任凭在哪里追上都无妨,但最好尽可能选择远离人家而又有杉树的地方擒拿。于是，我们躲躲闪闪在后面跟着。将镇子甩开后，猛然加快脚步，疾风一般追上前去。二流子惊愕地回过头来，我大喝一声："站住！"伸手抓在肩上。二流子惊慌失措，正要逃跑，我马上绕到前面，挡住去路。

"身为教导主任，为什么跑到'角屋'来过夜？"豪猪当即质问红衬衣。

"教导主任就不能来'角屋'过夜吗？请问哪里有这条规定？"红衬衣依然使用客气的字眼，脸色有点发青。

"你以教化为由，连荞面馆、丸子店都不许别人去，如此刻板规矩，为什么和艺伎一起住旅店？"

我见二流子伺机逃跑，便迎面站定，喝道："你为什么叫我混蛋、鲁莽哥儿？""哎呀，那不是说你，真的不是。"还在狡辩，恬不知耻。我这时才意识到自己双手正抓住袖口。刚才追时，我嫌袖中的鸡蛋摇来荡去碍事，便用两手抓住，一路跑来。我立即把手伸进袖里，掏出两个鸡蛋，"给你！"——朝二流子脸上掷去。鸡蛋应声炸裂，白里透黄的液体从他的鼻端黏黏糊糊地流淌下来。二流子大惊失色，"哇"的一声跌坐在地，口称"饶命"。这鸡蛋我本是买来吃的，并非为藏在袖里当武器。只因太气不过了，才下意识地掷了出去。眼下见二流子一屁股坐在地上，我才发现自己得手。于是我边骂"畜生"，边把剩下的六个一股脑儿朝他脸上狠命砸去。二流子满脸是蛋，黄乎乎一片。

我扔鸡蛋时，豪猪同红衬衣舌战正急：

"你说我领艺伎住旅店，有证据吗？"

"眼见傍晚那个和你相好的艺伎进旅店去了，还想耍赖！"

"用不着耍赖，就是我和吉川君两人住来着。艺伎傍晚进还是早上进，与我何干！"

"住嘴！"豪猪一拳打去。红衬衣晃了两晃："蛮不讲理，胡闹！没辨明是非就动武，乱弹琴！"

"什么乱弹琴！"豪猪又是一拳，"你这种奸贼，不打不招！"又噼噼啪啪地连打起来。我也同时劈头盖脸打了二流子一通。最后两人都蜷缩在杉树根下，怕是动不得了，只是眨巴着眼睛，看样子再不想逃了。

"够不够？不够还打！"我们两个又是"乒乓"一阵乱打。红衬衣忙说："够了。"我问二流子："够了没有？"答说："当然够了。"

"你们这两个奸贼，我们是替天行道。要是怕挨打，以后就老实点！不管你怎么巧舌如簧，天理难容！"豪猪说罢，两人一声不吭。大概连开口都难了。

"我不逃不躲，今晚五点以前待在'港屋'旅店，有种你们就叫警察来！"我跟着说："我也不逃不躲，和堀田一块等着，要叫警察，随你叫去！"然后两人迈开大步，扬长而去。

我回到住处时已快七点了。进屋后即动手收拾行李。房东婆婆惊问我怎么了，我答说回京接夫人。结完账，跳上火车，来到海滨，爬上"港屋"二楼，和豪猪两人倒下便睡。我本想即刻写张辞呈，又不知如何写，便写道：因故辞职回京，特此奉告。写上校长名，寄了出去。

轮船晚上六点起锚。我也罢，豪猪也罢，都累得一塌糊涂，只顾大睡。一觉醒来，已是午后二时。问女佣警察来过没有，答说没有。两人放声大笑："红衬衣、二流子，哪个也没敢去告发！"

当晚，我和豪猪离开了这污秽之地。船离岸越远，越觉得心里舒坦。从神户到东京是直达船。到新桥时，才恍然觉得来到了人世间。上岸便和豪猪分手了，直到今天也没有重逢的机会。

忘记说阿清婆了——我回到东京，没去寄宿处，提着帆布包，径直扑到阿婆那里："阿婆，我回来了！""啊，小少爷，总算早早回来了！"说着眼泪吧嗒吧嗒滚落下来。我也高兴极了："再不去乡下了，和阿婆在东京找个房子住！"

那以后，经人帮忙在铁路公司当了一名技术员。月薪二十五元，房租六元。房子虽没带大门，但阿婆看来十分心满意足。不幸的是，今年二月她患肺炎死了。临死的前一天，把我叫到身边："小少爷呀，托你件事：阿婆死了，一定要把阿婆埋在小少爷家的寺院里，我在地下好好儿等着小少爷。"因此，阿婆的坟墓在小日向养源寺内。